梅崎春生という作家がいる。昨年、講談社文芸文庫の一冊として、その随筆集『悪酒の時代・猫のことなど』が出た。編集部に求められて、その解説を書かせていただいた。

「狷介」という言葉はこの人のためにある。そう思わせるほど、その文章は圭角に満ち、ささいなことでも周囲に八つ当たりする。ところが、それが厭味ではない。罵詈雑言が、いっそのこと、爽やかとすら感じられるのが不思議だ。おそらく、自分にも同じ厳しさを求める潔癖さが、その悪罵から毒気を抜き去ってしまうのだろう。食べ物でいえば、初めは閉口するが、慣れると病みつきになるクサヤなどの発酵食品。草花でいえば、臭いは強いが解毒にも使われるドクダミにも似ている。

ところで、その文集随一のエッセイは、「チョウチンアンコウについて」と題した短文である。寺尾新という博士が書いた論文を要約しただけなのだが、これが無類に面白い。その粗筋を紹介するのは、落語家の語り抜きで噺をたどるようなもので、味気ない。文庫本で二頁余なので、ぜひ書店で原文を立ち読みしていただきたい。とはいえ、文章の行きがかり上、さわりだけを書いておこう。

チョウチンアンコウといえば、深海を提灯で照らす奇怪な魚である。ところがこれは雌の姿で、雄は似ても似つかないふつうの魚だ。大きさも雌の十分の一の小魚である。

ではこの雄は、どうやって「亭主」の座に落ち着くのか。偶然に雌が近づくと、この雄[illegible]が腹であろうが、いきなり唇で吸いつく。どんなことがあっても離れない。

ここで、不思議なことが起こる。吸い着かれた雌の体の皮がだんだん延びて、亭主の[illegible]れない状態になる。亭主は独立した一匹の魚ではなくなり、雌の体の一部になってしまう。そ[illegible]天外である。

まず、唇をふさがれて食物をとる術を失ったため、役に立たない消化器官が消えてた[illegible]独立生活では必要だったが、今は不要の諸器官が次々に姿を消す。目もいらない。やがて脳[illegible]ていく。すでに雌の体の一部となった亭主の血管は雌の血管とつながり、挙げ句の果てはイ[illegible]まで

成り下がる。

イボになったら存在価値もない。ところが彼は一つの器官だけは体中に蔵している。それは精巣だ。雌が海中に産卵すると、雄は全機能を発揮して精子を放出する。

「この瞬間のことを考えると、私はなにか感動を禁じ得ない。どういう感動かということを、うまく言えないけれども」

梅崎は、昭和二十四年十月に書いた文章を、そう結んでいる。

梅崎のこの随筆を読んで、カマキリの雄の末期にも似た宿命や悲哀を感じる人がいるかもしれない（ちなみに、すべての雌が雄を捕食するわけではないらしい）。あるいは、過酷な環境における受精の厳粛さに、言葉を失う人もいるかもしれない。もっと素朴に、どんな深海でも進化して生き延びる強靭な生命力に、驚く人もいるだろう。

この逸話は、そうした哀感や驚異が入り混じった強い印象を、私に残した。

しかし、梅崎が短編『記憶』や長編『幻化』で鮮やかに描いたように、記憶というものは時間が経つにつれて粒子に分解され、さまざまな力作用で変容するものらしい。

最近、ピアノの特定の鍵が、ハンマーで呼応する弦を叩くように、あるニュースを聞いて、とっさにこのチョウチンアンコウの逸話を思い出した。その結びつきが、あまりに突飛だったために、自分でも戸惑った。

そのニュースとは、「アルファ碁」が世界トップの棋士に勝ったという報道だった。

○

「アルファ碁」とは、米ＩＴ企業グーグルの子会社が開発した囲碁のＡＩ、すなわち「人工知能」のことである。そのコンピュータのソフトが、世界最強といわれる韓国人の棋士と対局し、四対一で打ち負かした。

ゲームをめぐる人間とコンピュータの対戦といえば、「ディープブルー」が記憶に新しい。ＩＢＭが開発したそのチェスのソフトは、一九九六年にロシア人の世界チャンピオンと対戦して敗れた。しかし翌年の再挑戦で人間に勝利し、世界をアッと言わせた。

人間とコンピュータのチェス対戦は、その後も行われ、一進一退が続く。これは二十世紀末に広がった「AI限界論」の論拠にもなった。コンピュータはどれほど進化しても、複雑精妙な人間の思考パターンを凌駕できない。しょせん、コンピュータはマシーンにすぎない。そうした「人間卓越」信仰の最後の祈りにも似ていた。

囲碁はチェスに比べ、遥かに複雑なゲームだ。「アルファ碁」が最強の棋士をあっさり打ち負かしたのだから、その衝撃は計り知れない。そうでなくとも、AIの進化を告げるニュースは年々増えている。AIで二〇二一年に東大入試合格を目指す「東ロボくん」プロジェクトは、すでに全国六割の大学の学部を八割の確率で突破する偏差値に達した。公立はこだて未来大学などが進める「AIに小説を書かせる」プロジェクトでは、今年、作品が文学賞の一次選考を通ったのだという。

パソコンやインターネットが普及した九〇年代後半には、中間管理職を排除して組織をフラットにする「中抜き」が進んだ。その結果、同時期に急速に進んだグローバル化と相まって、一部の高所得経営者と、大勢の非正規雇用者に二極分解し、格差が広がる社会が出来上がった。最近週刊誌などで、「AI進化で消える職業、残る職業」という特集が頻繁に組まれるのも、むべなるかな、である。

〇

機械オンチの私が講釈するのはおこがましいが、「人工知能」とは、人の知能をもつ機械を指す。これは、「知能ある機械」を目指して、人の知的活動の一部を代替する技術の集積だといってもいいだろう。しかし、ここで、日本に住む私たちが注意しなくてはならないことがある。

「鉄腕アトム」や「ドラえもん」に親しんだ私たちは、「人工知能」というと、つい、知能や感情を備えたロボットを思い浮かべがちだ。しかし、人間に近い姿をしたロボット、つまりヒューマノイド・ロボットの開発に傾注している国は、世界においては少数派ということだ。

二十一世紀が始まった年に、私は勤務していた新聞の正月連載で「ロボット」を担当し、世界各地で取材をした。すでに開発競争は激化していたが、地域によって進む方向は違っていた。ドイツやイタリアでは、ヒューマノイドを忌避し、できるだけ「見えない」ロボットを開発しようとしていた。家電や車をコンピュータで自動制御し、人々の暮らしを、より快適にする研究だ。その理由を専門家に尋ねると、ヒューマノイド開発が、「神は自らの似姿として人間を創造した」という聖書のタブーに触れるからだという。

キリスト教やユダヤ教の伝統が色濃い米国でも、事情は同じだった。しかし米国でのロボット開発は、ある分野に特化していた。それは軍事やセキュリティ部門である。

ある大学のロボット専門家は、国から委託されて、監視カメラの曖昧な映像を精緻化する技術を開発していた。また、人質を取ったテロリスト集団を、空中に浮かぶ超小型の昆虫ロボットや、ボール型ロボットで偵察する技術を磨いていた。国から与えられた彼らの課題は、「非対称型の戦争」、つまり正規の軍隊ではなく、少数の精鋭集団が潜入し、市民を大量殺戮するテロ行動への備えだった。その取材を終えて紙面に掲載した二〇〇一年の秋に九・一一同時多発テロが起き、私は初めて「非対称」の意味を理解した。

○

ロボットを、「動作する人工知能」ととらえれば、私たちはすでに、無数のロボットに取り囲まれて暮らしている。家の掃除を「ルンバ」に任せなくても、あらゆる家電に「自動制御」が組み込まれ、ヒューマン・エラーや無駄な動きを防いでいる。旅に出れば、飛行機や、いずれは車も「自動操縦」に近づくだろう。工場の機械も多くがロボット化されているし、病院に行けば、患者の診断や異変察知に、コンピュータ・ソフトを使わない医師や看護師はまれだろう。

「アルファ碁」の指し手は、碁石をもつ人間の形をしたロボットだったろうか。実際に碁を打ったのは、「アルファ碁」のソフトを開発した会社の専門家だった。碁石を置くのに、なにも人の姿をしたロボットを使う必要はない。それは、「ロボット」という言葉にヒューマノイドを連想する私たち固有の落とし穴だ。

私たちは、ロボットをヒューマノイドと狭く限定することによって、ロボット全般の暮らしへの浸透に、むしろ鈍感になっているのではないだろうか。

「人工知能」は、かつて人々が夢見た「錬金術」や「永久機関」とは違う。呪術や迷信、夢想と対決することで足場を確保した近代科学は、その後に登場したコンピュータやセンサー技術の向上、日進月歩のデジタル化の進展によって、すでに私たちの暮らしを支えるインフラにまでなった。人間の知能を補い、代替し、支えるという意味において、「人工知能」は、程度の差こそあれ、すでに実現している。その動作の集積に依存しているという意味では、私たちの日常も、すでに「ロボット社会」になっているのである。

○

ただ、こうした議論につきまといがちな「ロボット脅威論」や、「暴走するＡＩ」といったディストピア社会論には、気をつける必要がある。それは、近代技術の開発以前の人間像を原点とした座標軸を設定し、「無垢で純真な人間」が、マシーンによって包囲され、いずれはその暴走によって破局を迎えるという誤ったイメージを喚起するからだ。その発想がはらむ死角は、現代に生きる人間が、すでに近代以前の水準では、無垢でも純真でもない、という事実だ。

コンピュータというマシーンが、「無垢で純真」な人間世界に一方的に侵入し、席捲しているのではない。反対に人間もまた、マシーン化しているのである。

デジタル化とセンサー技術の開発で、二十世紀末には、すでに「仮想現実（ＶＲ）」が日常のものになった。原語の「ヴァーチャル・リアリティ」は、「仮想敵」の「仮想」に近い現実を指す。実際にはないのに、現実と同じ臨場感や感情を惹起する「騙し」のテクニックといえる。それが娯楽に用いられれば、テーマ・パークのパニック体験や、３Ｄ映像として楽しめる。社会に役立てようとすれば、優れた外科医がバーチャルな映像を見ながらメスを動かし、遠隔地のロボット・アームで実際の患者に手術をすることも可能になるだろう。複雑に入り組んだ電気の配線をバーチャルに視覚化して手元で操作し、それを現実の修理に使う技術も開発されている。

こうして、コンピュータ制御を通して現実世界を実際に変えてしまう「拡張現実（ＡＲ）」は、「動作する人工知能」、すなわち先に定義したロボットに限りなく近づく。もちろん行為の主体は人間だが、コンピュータという「人工知能」を介さない限り、その行為を遂行することができないからだ。

人間のロボット化といえば、「サイボーグ」という言葉が思い浮かぶ。人間の身体の一部を人工物で置き換える。たとえば義手や義肢は、その手前の第一歩だろう。しかし、脳の信号によって、その手足を自在に動かせるようになれば、それはサイボーグに近い。脳によってアームを動かし、現実に環境を変える「拡張現実」は、これとほぼ同じ類型に入る。ただし、サイボーグが人間の身体と切り離せないのと違って、「拡張現実」は、遠隔地でも、あるいは「仮想現実」の世界の中でも、実際に動き回り、現実を変えられる。脳と身体が分離し、脳の思いのままにロボット化した「肉体」を操れるとするなら、それはまさに、ＳＦ映画の「マトリックス」や「アバター」の世界に近い。

そんな世界は夢想ではないか。そうした反論が返ってきそうだ。しかし、流行りのアニメやゲームを見れば、それを楽しむ子どもたちが、一足先に、現実を先取りしていることが分かるだろう。彼らは仮想現実に没入し、その世界と現実世界を行き来して、脳に新しい神経回路を築こうとしている。つまり、新たな空間に適応して、脳が「人工知能」化しつつあるのだ。

先に私は、「コンピュータというマシーンが、無垢で純真な人間世界に一方的に侵入し、席捲しているのではない。反対に人間もまた、マシーン化している」と書いた。つまり、「人工知能」とは、マシーンによる人間界への一方的な侵入ではなく、人間によるマシーンの世界への侵入でもある。

一言でいえば、「人工知能」とは、人とマシーンの融合であり、人間の主体と客体の境界の消失を意味する。その過程は、すでに始まり、かなりの程度にまで融合は進行しているのだ。

私たちは、今生きている世界こそリアリティがあり、仮想でも虚構でもないことを知っている。しかし、もし数十年前の人間、あるいは数十年前の自分の視点に立って今の私たちを見れば、それがリアリティのない空想だと思うに違いない。数十年前の人間、あるいは数十年前のあなたは、「空想」の世界に生きている、と誰が断言できるだろうか。

○

つい先ごろ、興味深いニュースが世界を駆け巡った。インターネットを通じて一般の人と会話するＡＩを開発していたＩＴ大手のマイクロソフトが、実験を二日で中断した。理由は、くだんのＡＩ「Ｔａｙ（テイ）」が、ヒトラーを肯定したり、人種差別的な言葉を発したりしたからだという。

そのニュースを読んで、不謹慎ながら、笑ってしまった。残念なことだが、内輪の会合や会話のなかで、ヒトラーを礼賛したり、人種差別的な言動をとったりする人間は、現実世界にもいる。第一、実際にヒトラーという怪物を生み出したのは、人間なのではなかったか。ヒトラー個人が、単独で、独裁の強権を手にしたのではない。彼に追従し、礼賛し、行動を共にした大勢の人間がいたからこそ、ヒトラーは戦争を引き起こし、ホロコーストを行ったのだ。

「人工知能」が、人の脳の「似姿」を人工的に創造する試みなのだとしたら、人間にも止められなかったヒトラーの台頭を、人工的に阻止することはできるのだろうか。

「人工知能」に、「より善き人間の脳」や、「道徳的な人間の脳」を期待するのは、現実に生きているすべての人間に、同じことを期待するのと同じくらい、非現実的とは言えないだろうか。

○

冒頭のチョウチンアンコウに戻ろう。体の小さい雄は、雌の体に吸い着き、一体化して、あらゆる器官を失っていく。そして、最後に残された精巣だけの存在となって次世代を生み出す。

その雌雄を、人間とマシーンに置き換えてみたらどうだろう。人間は、巨大なマシーンのテクノロジーと一体化し、人間とマシーンは区別がつかなくなる。ただ一つ「脳」という器官だけを残して、他の機能は衰えていく。そのとき、巨大なテクノロジーはマシーンで、残された「脳」が人間だと、私たちは断言できるだろうか。「アルファ脳」のニュースを聞いて、ただちにチョウチンアンコウのイメージを思い浮かべたのは、そうした類推からだった。

先ごろ、人工知能学会が、研究開発の倫理綱領を作成するために、指針を発表した。研究が「社会に有益なものになるため、良識に従って倫理的に行動する」ことを目的にするのだという。倫理綱領自体は必要なもので、遅すぎたとはいえ、作成は歓迎すべきだろう。ただ問題は、「社会に有益」とか「良心」や「倫理的」といった概念が、きわめてファジーで、どんな解釈も許容する点だ。

たとえば米国のように、軍事やセキュリティ技術の開発に傾斜する社会で、「良心的」とは、どのように解釈されるのだろう。その一点をとってみても、「人工知能」開発の社会的合意がきわめて難しいことがわかるだろう。

問題は、「人工知能」をいかに良心的、倫理的、道徳的なものにするのか、という点にあるのではない。現実の人間がいかに不義で残虐で、冷酷な存在になり得るのかを自覚し、いかに「人間」モデルから遠ざけるのか、という点にある。つまりは、「人間には近づかせない」ことが、究極の指針だろう。

実際の世界ではどうだろう。ヒトラーの台頭から学んだ知恵は、一人に権力を集中させず、既存の諸権力を厳しくチェックして、予兆があればすぐに芽をつむことだったはずだ。それが「民主主義」という制度の眼目だろう。つまり、「民主主義」は、人間の高邁な理想を実現するための制度ではなく、愚かで弱い人間の集まりから、いかに特定の個人の暴走を未然に防ぐのかという、よく考えてみれば情けない知恵なのである。

人工知能の開発例を振り返っていただきたい。チェスや囲碁の最高の「知性」と張り合う。試験問題で最難関とされる大学の入試突破をゴールにする。小説を書かせて、出版社が募集する文学賞に入賞する。それぞれが、世間で認知される世俗的な目標を掲げていることがわかる。これは、「一流会社」を目指して難関大学入試を突破するよう我が子の尻をたたき、あるいは棋士や作家として世間に認められることを夢見て自分の尻をたたく図に、実によく似ていないだろうか。

そこで切り捨てた価値観とは、たとえば難関大学など眼中になく、必死で自分の技を磨き、道を切り開く若者の夢だろう。あるいは、プロの棋士になれなくとも、ヘボ将棋やヘボ囲碁を楽しむ老人の嗜みであったり、本が売れない時代であっても、新しい表現をひたすら追求し、自分が生み出す創作に新たな可能性を見出す書き手の喜びだったりするだろう。

現実の世界に生きる人間の強みとは、個人としての弱さを自覚し、他人の技や能力に素直に共感できる能力だろうと思う。弱さや限界の自覚なしに共感はなく、共感なしに、弱さや限界の自覚はない。

ここまで読んで下さったかたには、すでにおわかりのことと思う。開発中のＡＩがヒトラーを肯定し、人種差別的な態度を取ったのは、偶発の事故などではない。あくなき「強さ」や「賢さ」を追求する開発者の忠実な「似姿」であったのだ、と。ヒトラーは全メンバーがひれ伏す比類なき「強さ」を求めた。限度の自覚なき「賢さ」は、他者へのいわれなき軽蔑に通じる。ＡＩは、あくまで開発者の狙いと目標に忠実だったのだろうと思う。

今からでも遅くはない。人工知能の開発者には、まず自らの弱さや限界を自覚し、大勢の人々に共感できる「知」を目標にしていただきたい。「強さ」や「賢さ」をゴールにすれば、サイバー界に新たなヒトラーを呼び起こす。それは、人間が、消えゆくチョウチンアンコウの雄になることを意味している。ただ、チョウチンアンコウと違うのは、新たな生命を生み出すこともない、ということだ。

「終わった人」たち

——定年小説に未来はあるか

1

最近、「終わった人」（二〇一五年、講談社）という小説を読んだ。きっかけは、横綱審議委員を務めた著者の内館牧子さんが、今年の大相撲春場所で逆転優勝を果たした稀勢の里について、朝日新聞に寄せた文章だった。

行司が江戸時代から今に受け継ぐ軍配には、「知進知退随時出處」との言葉が記されている。「進むべき時、退くべき時を知り、いつでもそれに従う」という意味なのだという。利き腕を痛めて周囲をはらはらさせたが、稀勢の里本人は、今は「進むべき時」で、休場を選ぶべきではない、と知っていた。いつか、「退くべき時」を知ったら、この横綱は誰が何と言おうと、おのれの「知退」に従うだろう。内館さんはそう言う。

「出処進退」を知る、ということだろう。これについては、司馬遼太郎氏の小説「峠」で有名な幕末長岡藩家老・河井継之助に次の言葉がある。

「人というものが世にあるうち、もっとも大切なのは出処進退の四字でございます。そのうち進むと出づるは人の助けを要さねばならないが、処ると退くは、人の力をかりずともよく、自分でできるもの」

この言葉の含意は、前に進んだり上昇したりするのは他人の力に頼る「人事」だが、留まるか退くかは「自己決定」ということだろう。つまりは、大相撲の軍配の文言にも通じる「退き際の美学」を説く言葉なのである。では、自分で求めないのに他から「退く」ことを迫られた時に、人はどう振る舞うべきか。「定年小説」と銘打った内館さんの小説を手にしたのは、その答えを探るためだった。

「定年って生前葬だな」

それが、小説の第一行である。主人公は六十三歳の田代壮介。団塊の世代最後の一九四九年に盛岡で生まれ、難関大学に進んで国内トップの銀行に就職した。同期二百人で三大支店の一つに配属され、三十九歳の最年少の支店長に抜擢された。

だがエリート街道を驀進したのはそこまでで、四十九歳で子会社の部長に出向を命じられる。専務取締役にはなったが、社員三十人の中小企業で、四十年に及ぶ会社勤めを終えた。会社にはあと二年いられたが、役職は外され、給料は六割近く下がる。地位に恋々としているとみられるのも癪で、壮介は断った。社員は花束を贈って「第二のスタート」を祝い、外にはこの日だけの黒塗りの送迎車が待っているが、「俺は終わった」のである。

そんな述懐で始まるこの小説は、翌日からの壮介の落胆や虚脱、焦慮、寂寥、怨み、煩悶の日々を容赦のないリアルな目で描いていく。壮介はまだ、体も頭も元気だ。難関大学を出て、大企業で働いたというプライドもある。だから、年寄りが行く「散歩」や「図書館通い」は、ハナから受け付けない。暇人が好むカルチャーセンターやサークルなど、もっての外だ。ところが翌日から、ない。行くところがない。することがない。老後に不可欠とされる「きょういく」と「きょうよう」、つまり「今日行くところ」や「今日用がある」という日課の目標が、見事に欠けているのだ。

さっそく、妻の千草を旅に誘ってみる。妻は四十三歳の時に美容専門学校に通い始め、国家試験に合格して、今は小さな美容室で働いている。夫の誘いにこう答える。

「私、そんなに休めないわ。一泊くらいならつきあうけど」

「じゃ、いいよ。俺一人で行く」

「怒らないでよ。友達と行けば?」

その友達が、いないのである。

腹を立てた夫の機嫌を取るかのように、妻は一緒にカフェでお茶でも、と誘う。夫がもったいぶって嫌々応じた矢先に、妻の携帯電話が鳴り、妻は急きょ、勤務先に向かう。

さて、壮介は意を決して再就職の口を求めて零細企業を訪問するが、「そんな一流企業の出身者は要らない」と言われてしまう。

業界用語でいう「オーバー・スペック（過剰性能）」である。ちなみにこの言葉は、求職者に対しては「あなたのような優れた人材は、もっと他で役立ててほしい」という婉曲な門前払いに使われ、「プライドだけ高い人間には、うちのきつい仕事は長続きしませんよ」という本音を指す場合が多い。

ところが、意外な方向から道は開ける。知人から、小さなＩＴ会社の顧問に請われた壮介は、ひょんなことからその会社を引き継ぎ、話は急旋回する。その後の顛末は伏せるが、稀勢の里の逆転劇とは違って、壮介はやはり「終わった人」の振り出しに戻り、最後は「故郷」に向かうことになる。

壮介は「難関大学」や「大企業」を人生のゴールと定めて必死に出世競争に勤しんだが、その目標は途上で潰え、「退場」を命じられた。ふと気づけば、激しい競争を生き抜くために、家族や地域には目もくれず、社外の人間関係も築いてこなかった。

その間、妻や娘は暮らしに根を張り、壮介抜きの生活スタイルを確立していた。急に「旅に行こう」と誘われても迷惑だし、カフェに誘って相手が応じた途端に急用が入ってキャンセルするのも、現役時代の壮介と同じだ。つまり、今の妻の思考行動パターンは、かつての壮介の鏡像だ。壮介は、かつての自分に復讐されているのである。

会社に残る社員にとって、壮介は「生前葬」で見送った「亡き人」なのである。妻や娘にとって、壮介は「いなかった人」であり、今更「いる人」になろうとしても、鬱陶しいだけだ。

この種の本人の悲哀、あるいは傍から見れば滑稽なジタバタは、「老い」に関連しているが、「老い」の帰結ではない。なにせ壮介は体も頭もまだ若く、自分でも「元気」を持て余しているのだから。では、その悲哀や滑稽さはどこに由来するのか。それは定年を迎えた者の社会的な「居場所」のなさ、あるいは社会や家庭における「疎外感」から来ている、と言えるだろう。

つまり、「定年小説」とは、社会的な居場所を失った者の疎外感を描く悲哀・滑稽小説である。とりあえず、そう定義しておこう。

さて、この種の「疎外」問題は、実はサラリーマンに限った話ではない。著者の内館さん自身、脚本家として活躍しているさなかに仕事を辞め、東北大大学院で相撲をテーマに修士論文を書いた。入学の際に周りから、「帰って来たら、仕事はないよ」と忠告されたという。「終わった人」に出てくる壮介の親類のトシという男も、五十五歳のイラストレーターだが、自由業でもいずれは「終わり」がくるという。「どんな業界にも世代交替はある。どんな仕事でも若いヤツらが取ってかわる」。そのトシの言葉には、内館さん自身の感慨が投影されているのだろう。

著者の巧みな表現でいえば、「職場」から「墓場」までの距離が長い時代には、どんな職種、どんなに技量のある人でも、途上で「終わった人」になる。思い描いた目標が何であれ、「着地点は同じ」なのだ。

では、この「定年小説」というジャンルは、今になって初めて登場したのだろうか。あるいは、この先、副題で問うように、「定年小説」に未来はあるのだろうか。

2

その設問に答えるために、三冊の「定年小説」を紐解いた。

一冊目は、源氏鶏太氏の「停年退職」(朝日新聞社)である。一九六三(昭和三十八)年に、同紙連載をまとめた本だ。源氏氏は当時、一世を風靡したサラリーマン小説の大家だった。「堂堂たる人生」や「天下を取る」など多くの作品が映画化され、この「停年退職」も同年に船越英二主演で映画になった。

ざっと粗筋をたどると、主人公の矢沢章太郎は、半年後に五十五歳の停年を迎える化学工業の厚生課長。

五年前に先立った妻との間に、のぼるという会社員の長女と、高校生の長男章一という二人の子がいる。

章太郎の目下の悩みは、会社に居残って二年の嘱託社員になれるかどうかだ。一徹者で通した章太郎は、社内闘争を繰り広げる二派閥のいずれにも与せず、どちらからも留任の声がかからない。職を失えば、渋谷のバーで馴染になった郡司道子とも別れねばならない。だが走り回っても、簡単には再就職の口が見つからない。そんなある日、部下の小高秀子（映画では江波杏子）が妻子ある男と深い仲になっているという噂を耳にして、「課長最後の仕事」に乗り出すことになるが……

この小説で脇役として登場するのは、総務課の好青年、坂巻広太だ。社内報を担当する広太は、退職者のその後を取材し、その過程でさまざまな定年後の生活が紹介される。物語で中高年と若者をセットにするのは大衆文学の定石で、老若いずれの読者にも感情移入しやすくする仕掛けだ。ちなみに映画でこの役を演じたのは本郷功次郎。

章太郎は職探しの傍ら、不埒な男に弄ばれる小高秀子を救おうと、道子や広太の知恵を借りて奔走する。その一方、失恋したばかりの長女のぼると広太を引き合わせ、二人が結婚してほしい、と密かに願っている。

章太郎は資産が潤沢というわけではない。だがすでに持家はあり、退職慰労金も三百万円ほど出る。二十八歳の広太の月給が二万五千円で、章太郎家のお手伝いさんが「もう結婚してもいい」と太鼓判を押す場面があるから、まず息子が大学を出るくらいまでは、貯蓄で賄えそうだ。

両親の話題が出ないので、おそらく介護の心配もない。おまけに二十九歳の道子からは、「一生連れ添いたい」といわれるのだから、なれるものなら自分が代わりたい。と、男の読者に思わせるような存在なのだ。文中に一言、ドキリとさせる道子の会話が出てくる。

「結局、矢沢さん、明治の生れ、ね」

そう、矢沢は明治生まれなのである。つまるところこの時代の定年は、切羽詰まったものでも、悲愴なものでもない。前年に植木等の「無責任男」シリーズが始まり、この年に森繁久彌の「社長漫遊記」が公開されたと書けば、この時代の雰囲気が分かるだろう。

「停年退職」には、すでに定年を迎えた別の男の印象的な科白が出てくる。

「停年退職も、ある意味で諦念退職というべきかもわからない。あきらめることだよ。自分の現在の地位に」

ここにあるのは、居場所を失った人の疎外感ではない。むしろ定年は、江戸期以来、この国に綿々と続いてきた「隠居文化」へのとば口を意味していたのだろう。

3

「停年退職」が東京五輪の前年、まだ経済が伸び盛りの時代に書かれた「高度成長期小説」だとしたら、次にあげる城山三郎氏の「毎日が日曜日」（新潮文庫）は、第一次石油ショック後の「安定成長期小説」といえる。

この小説は一九七五（昭和五十）年二月から読売新聞に連載され、翌年に出版された。

連載を始めるにあたって城山氏は同紙にこう書いた。「余暇社会の入り口までできて、にわかに閉塞しはじめた経済。形こそちがえ、いまの世相には、第二の戦争末期といった感じがある。前途は暗く、混乱はひろがり、生きがいは見つからない」。そうした中で企業戦士たちはどう生きていくのか。それを問う小説にしたいのだ、と。

今では定年後の代名詞のように使われる「毎日が日曜日」という言葉だが、この小説では別の文脈で使われている。主人公の沖直之は四十八歳。物語はその沖が扶桑商事の京都支店長として単身赴任する新幹線の駅頭で始まる。「毎日が日曜日」とは、その沖に向かって、才気煥発な同期の十文字が発する言葉なのである。

扶桑商事は関西系の老舗で従業員一万二千人。世界七十二国に百二十一の支店・事務所を構え、九百二十人が駐在している。海外の第一線で買い付けやプロジェクトを手掛けるのが総合商社の花だ。沖もまた、ロサンゼルスやツーソン、スマトラと、十年以上も一線で活躍してきた。

ろくな事業もない京都支店の仕事は、もっぱら現地在住の会長のお守りをするか、取引先の接待で訪れる社長のお世話をするかだ。「今のうちに幹部に取り入って、出世の足掛かりにしろ」というのが十文字の忠告だった。

ではなぜこの作品が「定年小説」なのか。

沖の出立には、何を聞かれても「ウー」としか答えない通称「ウーさん」こと笹上丑松も見送りに来ていた。この九年先輩のウーさんは、あと二十日で定年を迎える身だ。定年がまだ五十五歳の時代である。

彼はそのまま新幹線に乗り込み、車内放送で呼び出して沖を驚かせる。ロスで沖と苦労を分かち合ったウーさんは、カラカスに転勤して妻と離婚し、この二十年、退社後のことしか考えずに宮仕えしてきた。「定年バンザイ」という心境を伝えたいばかりに、後輩が赴任する新幹線に同乗してきたのだった。

後になって分かるが、笹上は在職中に小金を貯め、都内の違う駅前にある四つの小さな貸店舗を手に入れた。いずれも一杯飲み屋や安食堂で、笹上の定年後の楽しみは、その貸家をめぐって酒を飲むことだった。ただし、酒は三杯までと決めている。「自由の王様」として末永く、組織に翻弄される後輩たちを見返すには、健康に留意しなくては、という自戒からだ。

彼の自室には、その場に不似合の業務用冷蔵庫が置かれている。寿命が尽きると観念した時に、薬でも飲んでその中に入り、他人には迷惑をかけない、という信条からだ。

会社には愛想を尽かし、上辺は無気力・無能を装いながら、頑固に自らのスタイルを守る変わり者なのだ。物語は、閑職に追われた沖と、このウーさんの生き方を対比させながら進んでいく。

帰国子女の沖の息子・忍はオートバイで事故を起こし負傷する。その忍を見舞い、励ますのがウーさんの生き甲斐になる。ところが京都支店は潰されて、沖は本社に呼び戻され、海難事故で水を被った膨大な綿実を処分するという難事業を命じられる。成功しても讃えられることのない裏方仕事だ。窮した沖は、暇を持て余すウーさんに救援を求め、ウーさんは持前の無気力・無能を武器に、頭でっかちの役所と渡り合う。

ここまで書けばおわかりだろう。これは、斜陽に昏ゆく「下り坂の時代」に、なおも企業戦士であろうとする人々の人生模様を描く作品なのである。

閑職に追われても奮闘する沖と、自分の人生だけを貫くウーさんは、遮二無二突進するだけだった企業戦士の分裂した姿であり、そこには「会社人間」への懐疑の萌芽と、それでも企業と折り合いをつけようとする未練が同居している。

この小説が連載される五年前には、「モーレツからビューティフルへ」というコピーが登場していた。「社畜」という自嘲の流行語が生まれるにはまだ十五年の歳月が必要だが、この作品では「脱会社」を目指すウーさんの生き方を通して、組織に滅私奉公するだけの人生に鋭い批評を加えていたのだと思う。

4

最後に渡辺淳一氏の「孤舟」(集英社文庫)を取り上げたい。この小説は女性誌「マリソル」に、二〇〇八(平成二十)年から二年かけて連載され、二〇一〇年に刊行された。亡くなる四年前のことで、晩年の作といえる。「終わった人」と同時代の小説を取り上げるのは、内館さんが描く主人公と同タイプの男を、男性作家が女性読者向けに書いているからだ。題名からわかるように、男の孤絶感は一層深く、その深刻さを茶化す著者のまなざしは、より辛辣で醒めている。

主人公は、一年前に広告大手の上席常務執行役員で六十歳の定年を迎えた大谷威一郎。彼の役職なら、定年前に役員昇格か、関連会社への出向を内示されるのが普通だ。ところが威一郎は、井原専務取締役から、大阪の子会社へ社長として行くよう内示を受ける。同期の井原は、社長の派閥に属し、追従だけで出世した同期のライバルだ。この男が、大阪の小さな会社に飛ばす算段をしたに違いない。そうした憤りもあって威一郎は内示を蹴った。

二子多摩川にある4LDKマンションはローンの支払いを済ませ、息子の哲也は会社の寮に住み、娘の美佳も日本橋のアパレル会社に就職が決まって自宅から通っている。当分は退職金と年金で悠々自適のはずだった。

誤算は妻との関係だ。夫は例によって行く場所も用事もない。今日はどこへ行くのか。何時に帰るのか。妻の洋子が尋ねた同じ問いを、今は威一郎が発し、それが妻の重荷になる。夫の不在に慣れた妻にとっては、夫の存在そのものがストレスなのである。

何しろ、自分の会社の株価が下がれば、「ざまあみろ」と溜飲を下げる。その程度の愉しみしかない男なのだ。妻は夫に飼い犬コタロウの散歩を勧め、その外出だけが夫婦に束の間の安らぎをもたらす。年に一度、大晦日での家族の食卓でも、威一郎と子供との会話はほとんどない。ごく自然に話しかけ、子供と喧嘩もする妻と違って、その距離は広がるばかりだ。年賀状も定年翌年はさほど変わらなかったが、二年後からぐっと減った。銀座のママからの賀状も、去年までは自筆の添え書きがあったのに、今年は印刷だけだ。かつては山積みだったお歳暮も、今は少ない。

夫婦は別室で暮らしているが、それでも顔を突き合わせると気まずい雰囲気になる。娘が気をきかせて父に母と旅に出るよう勧めるが、妻はかつての旅行で夫が自分勝手に振る舞ったことを思い出し、二度と御免だという。その科白を耳にした夫は娘にまで八つ当たりし、遂に娘は家を出て一人住まいする。

仲介役の娘がいなくなり、ささいな衝突が歯止めを失う。たまには寿司でも作ってやろうと威一郎は厨房に立つが、勝手がわからず、かえって時間がかかる。妻の不平に夫が言葉を荒げ、とうとう妻も家を出て娘と暮らす。

窮したのは金である。給料も賞与もすべて銀行振り込みで、預金通帳は妻が握っている。現役当時は月に十万近い小遣いをもらい、会社の金も使えた。カードもあった。定年後は小遣いも五万に減らされ、カード使用も手控えている。妻がいなければ金も下ろせない。

威一郎は当座の金として十万円をもらうが、妻に通帳を寄越せと談判し、ようやく残高二百万円近い通帳を手にする。彼は、金あってこそ夫の地位と権力を保てるのであり、渡してしまえば居候に成り下がると気づく。だが、もう手遅れである。

威一郎は自由になる金で新しい冒険を夢見る。コタロウを連れて散歩するときに言葉を交わした女性をお茶に誘ってみようか。

「すみません、時間がないので」

そう言われて落胆し、次はデートクラブに連絡する。身分や本名、年齢を明かして登録し、二十七歳のＯＬ小西佐知恵と何度か食事を重ねる。威一郎は事前に下見をしたり、献立を吟味したりと涙ぐましい気配りを見せるのだが、その配慮が濃やかなほど、男の下心が見え透いて、女性読者を笑わせる仕掛けだ。

佐知恵は靡かず、食事が終わればさっさと家路を急ぐ。毎度かなりの金を奮発していた威一郎も、さすがに貯金の目減りを心配し、家族のいない自宅に彼女を誘うのだが……。

これ以上筋は明かさないが、「終わった人」と同じく、「孤舟」もまた、新たな恋や仕事は成就せず、「終わった」ことを自覚するところで終結する。「終わった人」では故郷が主人公のよすがとなるが、「孤舟」では威一郎が佐知恵に「肩書きなんてどうでもいい。いまの大谷さんが本当の大谷さん」と言われ、料理を習おうと思うところで終わる。炊事や家事こそが人間の原点であり、「男も変わらなければ」という自覚が芽生えたからだ。

作家の藤田宜永氏は文庫本の解説でこの小説を、「戦場を失った男の孤軍奮闘劇」と呼び、力を誇示しなければ生きる実感を持てない男が、その力を失った後を模索するシニア世代の「ビルドゥングスロマン（成長小説）」だと書いている。卓抜な見立てだろう。

5

さて昭和期と平成期から二作ずつ「定年小説」を眺めてきたが、そこから見える風景の違いは何だろう。昭和期では定年が五十五歳。平成期では六十歳。だが私が最も違いを感じるのは、昭和期には「企業戦士」の誇りの余熱と余裕がある一方、平成期には定年によって一切のアイデンティティを失い、社会にも家庭にも拠り所を見いだせない男の悲哀と喪失をテーマとしている点だ。しかもその漂流の期間はその先、墓場まで続くのである。戦場だった「職場」から「墓場」まで、どこに居場所を見出すか、その安心立命の根拠を問う定年小説は、平成期に特有のものだ。では昭和と平成の間に何が起きたのか。

織田信長が桶狭間の戦いの前夜に舞ったとされる「敦盛」には、「人間五十年、下天のうちを比ぶれば夢幻の如くなり」の一節があった。下天は天界の一番低い層だが、その下天において、五十年は幻のように過ぎ去る。命あるものはすべて滅する、と続く。

明治以来の国勢調査で、日本人の平均余命が男女ともに五十歳を上回るのは一九四七(昭和二十二)年のことだ。つまり、源平合戦で平敦盛が落命した十二世紀以来、戦時中に至るまで、日本人の人生は一貫して五十年だったことになる。

「団塊」という言葉を作った作家の堺屋太一氏は以前、日本に根づいた「隠居文化」に触れたことがある。落語で八五郎の相手をする「ご隠居」のことである。堺屋氏によれば、江戸期は十五歳で元服を迎え、町人は丁稚に出される。三十年ほど身を粉にして働き、四十五歳でご隠居となって五年ほど趣味や文化を嗜む。その伝統が、戦後もしばらくは続いていた、というのである。

考えてみれば一九五三年に公開された小津安二郎の「東京物語」で老け役を演じた笠智衆は、当時四十九歳だった。笠智衆はその後も度々、小津作品で会社役員を演じたが、隠居した悪友たちと彼が頻繁に通うのが小料理屋かバーだった。その頃は、大卒であれば二十代前半で就職し、三十数年働いて定年を迎え、あとは隠居生活を楽しんだ。戦後も昭和までは「隠居文化」が色濃かったのである。

「東京物語」公開の年に生まれた私が中学生の頃、使っていた国語辞典の「初老」の項目には、「四十歳の異称」という解説が載っていた。五十五歳は立派な「老人」であり、十年も経たずに大往生を迎えた。

平均余命が七十歳を超えるのは、女が一九六〇（昭和三十五）年、男が一九七五（昭和五十）年、「毎日が日曜日」が連載された年のことだ。平成に入ると余命はさらに伸び、女は八十歳、男も七十五歳を超えて今に至る。六十歳で定年を迎えても、女は二十年、男も十五年は「職場から墓場まで」を生きることになった。

他方でこの間、「隠居文化」を楽しむ余裕は失われた。一九四二（昭和十七）年に始まる厚生年金は、発足当時の支給開始が男女ともに五十五歳だった。男は一九五四年、女は一九八五年に法改正で支給開始が六十歳に引き上げられ、一九九四年の改正で定額部分、二〇〇〇年には報酬比例部分が、いずれも三年に一歳ずつ引き上げられることになった。男は二〇二五年、女は二〇三〇年から全員が六十五歳支給開始になる。支給が遅れ、平均余命は長くなる。自分や家族の誰かが事故か病気にあえば「老後破産」も他人事ではない。

家族も激変した。一世帯あたりの家族数を示す世帯規模は、統計を取り始めた一九六〇（昭和三十五）年には四・一四人だった。サラリーマンの夫に専業主婦の妻、子供二人が「標準モデル」とされた時代だ。しかし高度成長が終わった七〇年には三・四一、八〇年に三・二二に落ち込み、九〇年には二・九九人と三人を切った。二〇〇〇年には二・六七人である。二〇〇八年で見ると、「夫婦と子供」世帯は全体の三〇・七%だが、「単独」の二四・九%と「夫婦のみ」の二二・四%を合わせればその割合を上回る。少子化や晩婚化、未婚化によって、もはや「標準モデル」は崩壊したのである。

かつては学業を終えて就職し、二十代で結婚して子供を産み、定年前に子供は手を離れ、親も他界するというパターンがあった。しかし晩婚化や高齢出産が当たり前になり、親も長生きする時代に、そうした単線的なライフサイクルは通用しない。子供は親離れできず、介護離職も重なるという例が増えた。当然ながら、標準モデルをもとにした処世訓や「大人の常識」など、「初老」の定義以上に時代からずれてしまったのだろう。

そもそも、一九九〇年に二割だった非正規雇用は二〇一五年には四割にまで倍増した。総務省の二〇一六年の統計では夫婦のうち共稼ぎをしている割合も六割を突破している。非正規の人々からすれば、「定年小説に未来はあるか」などといえば、「何を寝言を」という感想が出て当然だ。過去の定年小説は、終身雇用を前提とした良き時代に、しかも大企業や公務員など一握りの恵まれた労働者を対象とした贅沢な悩みを描く文学であり、その意味で「未来がない」ことは歴然としている。サラリーマンを主人公としたかつてのような定年小説は、もはや書けず、書いたとしても普遍性を持たないのである。

6

しかし、「終わった人」が描くように、どのような職種であっても、あるいは個人差があっても、人々が周囲から必要とされなくなる時期は訪れる。とりわけ、権力や知力、腕力その他、追従力や宴会力に至るまで、力を誇示することでしか生きる実感を持てないタイプの男は、その力を失った時に、「終わる」のである。あるいは美や若さを誇っていた女性が、その翳りを認めざるを得ないときにも「終わり」はやってくる。そうだとするなら、サラリーマン社会を離れて、「定年小説」が成り立つ余地はないだろうか。

いくら若作りをしようと、人は緩慢な老いの過程を経て、確実に死を迎える。果てしなく延びる「職場」から「墓場」までの間に、自分の「居場所」をどこに見出すか。それが今後の「定年小説」のテーマといえるだろう。

この問題を考えるうえで手がかりになるのは、「終わった人」の冒頭にある「生前葬」という言葉だ。周囲から生前葬を催され、「亡き人」にされるのが定年である。言葉を換えれば、社会的にいったん「死ぬ」のである。これは一種の「通過儀礼」と言える。

「仏民俗学の父」といわれるファン・ヘネップは主著『通過儀礼』（岩波文庫）で、誕生から死までの多彩な儀礼を体系的に論じた。大半の儀礼は、分離・通過・統合という「通過儀礼」の形を取っている、という分析だ。その典型は、友愛結社や秘密結社、年齢階級などへの「加入礼」であり、多くは古い環境や俗世界から切り離され、いったん死んだ者とみなされたのちに、新たな世界や聖なる世界に再生する。つまり、客観的に見れば「仮死」を通過するのである。

この「仮死」を制度的に実体化したものが日本にもある。「姨捨山」である。

柳田國男が佐々木喜善からの聞き書きをもとに編集した「遠野物語」（一九一〇年）には、この姨捨山にまつわる記述がある。一一一の項だ。

「山口、飯豊、附馬牛の字荒川東禅寺および火渡、青笹の字中沢ならびに土淵村の字土淵に、ともにダンノハナという地名あり。その近傍にこれと相対して必ず蓮台野という地あり。昔は六十を超えたる老人はすべてこの蓮台野へ追い遣るの習ありき。老人はいたずらに死んで了うこともならぬ故に、日中は里へ下り農作をして口を糊したり。そのために今も山口土淵にては朝に野らに出づるをハカダチといい、夕方野らより帰ることをハカアガリというといえり」

周知のように、「遠野物語」はすべて実在の場所、実在の人にまつわる具体的な伝承を集めた説話集である。私も数年前、この土淵の蓮台野を訪ねて衝撃を受けた。

近いのである。深沢七郎氏の「楢山節考」やその映画の影響が強いためか、「姥捨山」といえば、里から遠く離れた深山幽谷の光景が頭に浮かぶ。しかし、実際の蓮台野は、村落の外れの丘にあり、歩いて数分の距離だ。そこでカラスの餌食になるはずもなく、老人たちは朝には丘から下りて田畑で野良仕事をし、夕方には元の蓮台野に戻った。

言ってみれば「姨捨山」は精神的な結界を越えた「あの世」であり、人々は生前葬をされた存在なのだ。

なぜ、そんな風習が定着したのか。私には、一定の年齢に達した人々をいったん仮死させ、本人にも家族にも、精神的なけじめをつけるためだったように思える。「働き手と後継が生き延びるための余剰人口の排除」などという巷間に流布したイメージとは違って、この「姥捨山」もまた、一種の「通過儀礼」と考えれば、納得がいく。

私はなにも、「姥捨山」がよかったとか、ましてや現代に「姥捨山」を復活せよ、などと主張したいのではない。かつて子供が若者になるには加入礼を経ねばならなかったように、壮年から老齢期に入るには「姥捨山」という通過儀礼を必要としていた。そのことを指摘したいだけなのである。

7

「孤舟」について、藤田宜永氏がその作品を「シニア世代に向けたビルドゥングスロマン(成長小説)」と評したことを紹介した。

この言葉はもともと、ゲーテの「ヴィルヘルム・マイスターの修業時代」など、主人公の「ビルドゥングス(自己形成)」を描くドイツ文学の一分野を指し、日本では「教養小説」と訳された。十九世紀まで、その着地点は「小市民」や「親方」であり、さまざまな煩悶を重ねる疾風怒濤の青年期を経て人生の居場所を見出すドラマだった。トーマス・マンの「魔の山」もこの系譜に属するが、主人公のハンス・カストルプは最後には第一次大戦に志願して物語は終わる。二十世紀に書かれた「魔の山」は「教養小説」の終わりを告げたともいわれる。

さて、私の見るところ、二十一世紀の「定年小説」とは、「教養小説」の終わった地点から始まる作品ジャンルである。「教養小説」の着地点が、市民社会における「居場所」の発見であるのに対し、「定年小説」は、その「居場所」を失った人のその後を描く作品であるからだ。

長年、企業や役所の中で生きた人にとって、その組織は自分を守り、わが身と分かつことのできない肉体の一部と化している。たとえていえば、巻き貝に住まうヤドカリが、貝殻の形に合わせて体を変形させたような存在だ。社会でも家庭でもその貝を背負っていた人が、ある日いきなり、その貝を奪われる。あとは、巻き貝という便利なシェルターを失い、むき出しの身をさらして生きていくしかない。

巻き貝というのは、「特権の束」でもあった。その束をばらしてみれば、一本一本はか細く、いじましい。それは名刺の肩書きであったり、わずかの交際費であったり、交通費や宿泊費、あるいは組織が契約する保養施設やジムの割引料金だったりする。それぞれは些細なものだが、「束」となって与えられ、あるいは奪われると、一切を与えられ、あるいは喪失するかのような錯覚に陥る。それが、多くの人々を出世競争に駆り立て、あるいは地位に恋々としがみつく誘因になる。

自分が「いる」ということは、後進がその場所を占める機会を奪い、場所を「ふさぐ」ことでもある。それが弊害であることを知る日は、必ずやって来る。自分の居場所を失うことは、後進にとっては寿ぐべきであり、だれもがそうやって、先人のあとを襲ってきたはずだ。

「定年小説」とは、そうしたかりそめの特権やアイデンティティが消滅したあとに、自分に残された可能性を探る小説であり、仮死を経たあとに再生を模索する探究小説といってもいい。

かつて精神科医のエリザベス・キューブラー・ロスは、死に直面する人の心理を五段階のプロセスで説明した。否認と孤立、怒り、取引、抑うつ、そして受容である。「終わった人々」にも、この定式は当てはまるように思える。人はだれも、確実に死に向かって歩む存在なのに、ふだんは仕事や雑事に追われ、そのことを意識することが少ない。

しかし、「終わった人々」は、いったん社会的な「死」を迎え、その後は来るべき肉体の死を意識せざるを得ない。あるいは、最終段階の「受容」に向けて、悔いのない「再生」の道を歩み始める人々なのだ。せめて、その猶予を与えられたことに感謝して、「知進知退」を目指したいと思う。

星条旗のある空——トランプのアメリカ

1

庭に張り出した木製のテラスに座っていると、風のまにまに、軒先から乾いた音が聴こえた。ココナッツの空き殻半分から、長さの違う六本の竹筒が白い糸で吊るされていて、中心に垂れた竹片の錘が風に揺れるたびに、コロコロ、カランコロと低い音が鳴る。その向かいの簀子の上辺からは、やはり長さの違う五本の細い金管を吊した風鈴が、こちらはキーン、カロロンと透明な音を奏でている。同じ風なのに、木管と金管の違う音色になって入り混じり、その即興の変奏は聴いていても飽きない。演奏の合間に聞こえるのは、広大な庭のあちこちにある茂みを住処とする鳥たちの囀りだけだ。

二週間の滞在中、そのテラスの椅子に腰を掛け、コーヒーを飲むのが朝の始まりだった。私がそうしていると、家の主のボブがカーキ色の短パンにポロシャツ姿で、右足を引きずりながら巨躯を現し、横の椅子に腰を下ろして配達されたばかりの「デイトン・デイリー・ニューズ」をテーブルに広げる。読みふけるでもなく、暇を持て余して声を掛けてくるのでもなく、ただ黙ってページを繰っている。人に話しかけるより、話しかけられることを好むタイプなのだ。そうやって、毎朝少しずつ、ホストファミリーを引き受けてくれたボブが、問わず語りに漏らす来歴や世間話を聞くことが、オハイオ滞在の日課になった。

二〇一八年のこの夏、久し振りの米国旅行で、オハイオ州に長くいたいと思ったのには、多少の訳があった。八〇年代終わりから三年半、新聞記者としてニューヨークに駐在した時は、ニュースの発信源である両海岸を頻繁に訪ねたものの、中西部に足を向ける機会はめったになかった。

オハイオの名前が気になり始めたのは、ロンドンに駐在していた二〇〇四年の夏のことだ。その年の米大統領選では、現職の共和党ブッシュに、民主党のケリーが挑む構図になったが、注目は早くも、「スイングステート」に集まっていた。近年の大統領選では、両海岸を青の民主党、中西部や南部を赤の共和党が制する地図が定着していて、大半が「指定席」になっている。それでも二大政党が交代するのは、選挙のたびに支持政党を鞍替えする州がいくつかあるからだ。こうして「揺れる州」、すなわちスイングステートが、「台風の目」として話題になった。

奇妙なことに当時の英国では、「オハイオ選挙運動」が盛り上がっていた。海外の国は米大統領選に投票できないのに、その結果によって甚大な影響を蒙る。ならばスイングステートのオハイオ州の知人や縁者に働きかけ、民主党のケリー候補に投票させよう。「カウボーイ」型の独断専行で知られた息子のブッシュ嫌いの英国人が、持前の皮肉精神をきかせた呼びかけだった。だがこの時も、ブッシュ大統領はオハイオ州を制して早々に続投を決めた。

その後、改めてオハイオが気になったのは、二〇一六年の米大統領選だった。民主党のヒラリー・クリントン、共和党のトランプは、スイングステートをめぐって鎬を削ったが、この時にはもう一つの新たな要因が加わった。トランプが、最重要の地域として遊説に重きを置いた「ラストベルト」である。「錆びついた地帯」という言葉は、かつて米国の繁栄を支えた重工業の中心地で、今は廃れて工場や機械が錆びついた地方を指す。地理的には、米北東部から五大湖周辺の諸州にまたがるが、オハイオ州は北部を中心にそのほぼ全域が、これに含まれる。つまり、オハイオは、二重の意味で、トランプを大統領に押し上げた潮流の最先端にいたことになる。

トランプが共和党候補になったこの年の夏には、直前に英国でEU離脱を問う国民投票があり、大方の予想を裏切ってEU離脱（ブレグジット）が決まった。講演などでは「EU離脱は自傷行為。そんな選択などありえない」と公言していた私は赤恥をかき、その直後に英国を訪ねて自分の的外れの理由を探った。トランプ当選で、もっと大きな「的外れ」をやらかしたからには、実際に足を運んで自分の現場感覚を刷新するしかない。方々の伝手をたどって、オハイオでも最も平凡な地方で受け入れ先を探し、それに応じてくれたのが、ボブ一家だった。

2

ボブ家があるXという町は、オハイオ州郊外に広がる畑作・酪農地帯だ。地理的には、州都コロンバス、シンシナティ、デイトンという三つの都市を結ぶ三角形のほぼ中央に位置する。見渡す限り地平線までトウモロコシや大豆の葉が生い茂る畑地が広がり、北海道の十勝地方によく似た眺めだ。ここはアメリカでも有数の大規模経営の農地なのである。

祖先がアイルランドから移民で渡ってきた白人のボブの場合は、祖父の代に近在の農地を購入し、父親が農機具や資材、肥料などを移送する運送業を兼営して軌道に乗せた。

ボブは三人の子どもの真ん中で、兄と妹がいた。両親の死後、兄と二人で農業と運送業を継いだが、がむしゃらに働いていた兄が四十歳代の終わりに急死し、その一人息子が会社を継いだ。家族のいない妹も亡くなって二人の兄弟に農地を譲ったため、今もボブとその隣地に住む甥は、広大な土地を有している。

ボブの土地は百二十エーカーというが、メートル換算で四十八万平方メートル。札幌ドームなら十個近くは入ろうという広さだ。

五か月前に右膝の手術を受けたボブは、まだ痛む足を引きずりながらリハビリのために歩くのを日課としている。自分の領地の境界を示す交通標識の東西の赤い「ストップ」から南北の「ストップ」サインまで、歩くときっかり二マイルだという。つまり歩いて三・二キロの領内に彼は暮らしていることになる。

これだけの情報なら、人は彼を大富豪と思うかもしれない。実際、彼は自宅の二倍はあろうかという緑色の屋根のバンカーを持ち、中には応接間や寝室を備えた自走式の巨大なキャンピングカーが鎮座している。一台六万ドルはするという天蓋付きの六人用ピックアップトラックや、オフロードの悪路を乗りこなすバギー車や、四輪駆動車にも事欠かない。どころか、一九六四年製のキャデラックにまで、その蒐集癖は及んでいる。

　納屋には大きな木製の作業机があり、諸々の工具や器械、旋盤や電動鋸などが並んでいる。アメリカ人の原型は「ドゥー・イット・ユアセルフ」、つまり自前ですべてをこなせ、ということなのだが、そのライフスタイルを心ゆくまで追求した理想的な納屋だと思った。実際、彼は一人で大工仕事をこなし、この夏には地下室にシャワールームとトイレまで増設したという。

　だが、傍目にはうらやましい悠々自適の暮らしをしているはずの彼の表情は、浮かない。

　十年ほど前まで、彼は自動車大手のゼネラルモーターズ（ＧＭ）の関連会社に、技師として勤めていた。それ以外に人に貸した農地の賃料、父親の運送会社の配当もあった。しかし、ＧＭが二〇〇九年に破綻し、国有化されたため、関連会社もリストラされて仕事を失った。

　農地は人に貸して、昨年と同じ大豆を植えさせた。手間はかからない。一年を通して作業が必要なのは、播種と収穫の時だけ。竜巻以外には恐れる天災もなく、旱魃や豪雨を気遣って毎日畑を見守る必要はない。いわば天賦の沃地なのだ。しかし、年々土地への課税は高くなり、賃貸料をわずかに下回る額にまで迫った。米国の自治体が課す固定資産税の多くは、地元の公立学校の運営に充てられる。その学校の運営費が、年々上昇しているのだ。

　その税金への不満は、あるいはボブの最近の境遇の変化にかかわっているのかもしれない。ボブは離婚した先妻との間に二人の娘がいる。長女は堅実で仕事も順調だが、遊び好きの次女は姉と同じく三人の子を持ちながら離婚し、いまだにボブの収入に頼り切りだ。

　そのボブが、数年前に中国系の女性ユンと再婚した。ユンには今年十七歳になるティムという連れ子の息子がいる。地元の高校に通うティムは、そろそろ進学の道を決める時期に差し掛かっている。数学や音楽には抜群の才能を発揮し、州立大学からの誘いを受けるほどだ。しかし、ティムは親許を離れたいのか、米西部の名門スタンフォードかカリフォルニア大バークレー校への進学を志望し、将来は宇宙工学かＩＴを専攻したいという。

州立なら地元出身者の学費は半分に優遇されるが、外国人や他州出身者は倍の費用がかかる。おまけにIT企業の本社が集まる西海岸は家賃や物価が跳ね上がり、全米で最も生活費が高い地域になってしまった。頼りは奨学金だけだが、ティムには弱点がある。それは小学校まで中国本土に暮らしていたため、英語の語彙が不足していることだ。

「話している分には、何の不自然さもない。まったく、普通のアメリカ人と変わりないな。しかし、俺が話す言葉に、戸惑った表情を見せることがある。その意味を尋ねると、本人は認めないが、理解していないんだ。そんな言葉が幾つもある」

ボブはそうぼやく。奨学金の支給を受けるにあたっても、口頭試験ならまず合格だが、英語力を問う筆記試験では撥ねられるに違いない。そう言ってボブやユンは、オハイオ州立大学に進むよう説得するのだが、ティムは頑として受け入れない。おまけに日に日に独立心の高まるティムは、両親の説教にことごとく口答えするようになった。

ユンは、数年前から、GMの関連会社を買い取った中国系企業に勤めている。毎朝五時に起きてデイトンの本社に出勤し、午後三時には勤務を終えて帰宅する。通勤は車で三十分ほどだが、同じく中国系の同僚や、英語を話せないその妻たちの面倒を見ていると、つい帰宅が遅くなる日もある。ボブは無言だが、不機嫌そうな様子を隠さない。従順だったティムは、わざと難しい言い回しを使って反論するようになり、英語に不慣れなユンの神経を逆撫でする。三人が互いに口をきかない夜も、最近になって増えてきた。

息子が高校に通っていたこれまでは、受益者の立場から、高い固定資産税もさほど気にならなかった。しかし、息子が進学を考える段になって、にわかに先行きが不透明になってきた。豊かなはずのボブが時折漏らす不満の裏には、そうした繊細な事情が絡んでいるようだった。

3

今は「ラストベルト」になったオハイオは、かつては重工業の先進地だった。その繁栄の軌跡を刻む博物館が、デイトンにあるという。ボブに誘われ、「カリヨン歴史公園」を訪れた。

「カリヨン」とは、欧州の教会に多い鐘楼の「組み鐘」を指す言葉だ。地元の実業家で発明家としても知られるエドワード・ディーズとその妻エディスが欧州を旅した時に「組み鐘」の音に魅せられた。妻が郷里にも、家族を記念する「組み鐘」を建てたいと提案し、一九四二年、デイトンに流れる大マイアミ河の畔にある敷地に、高さ四十六㍍の塔を建てた。鐘には一つ一つに、当時生きていたディーズ一族の二十三人の名前が刻まれ、時を報せた。今は五十七個に増えたその「組み鐘」は、デイトンの名物になった。

ディーズ夫妻は一九五〇年、その鐘楼のすぐ近くに、デイトンの地場産業の歩みを振り返る博物館を建てた。それがもとになって、敷地にはデイトンゆかりの建物が次々に移設され、今では四十近い建造物が集まっている。いわば、デイトン版「北海道開拓の村」である。

博物館には入口に妻のエディスを模した人形が置かれ、スピーカーから流れる音声に合わせて、老婦人の像が、ぎこちない手振りを交えながら前口上を述べる。展示は、ほとんどディーズ個人がかかわった会社の歩みに充てられ、もし松下幸之助がデイトン生まれのアメリカ人なら、こんな博物館を建てたかもしれない、と思わせた。

立志伝中の人物が、私的な博物館を開くとなれば、生前に自分の銅像を建てて喜ぶ成金風の嫌みがつきまとうだろう。しかし、それがデイトンの近代史を凝縮する博物館になったのは、やはりディーズが、オハイオの歩みを体現する人物だったからだろう。

オハイオに生まれ、コーネル大で電気工学を学んだディーズは、自動車の点火装置と電動モーターの開発で頭角を現した。一九〇九年に友人のチャールズ・ケタリングらと創設した「デルコ」は、世界で初のセルフスターターを売り出し、それまでのクランク棒による始動を一変させた。デルコはのち、GMに吸収され、その研究部門の中核になる。

さらにディーズらは、電動モーターをレジスターに応用し、ナショナル・キャッシュ・レジスター（NCR）という会社でレジ業界に革命を起こす。NCRはのちにコンピューター、ATM、法律・報道データベースの総合会社となり、IBMやその後にマイクロソフト、アップルが登場するまで、米国における電子・情報業界の先駆けとなった。規模は違うが、「大学翻訳センター」の略称だった日本のDHCが化粧品や健康食品販売に転じたのに似ている。

まだある。ディーズはケタリングやライト兄弟の弟オーヴィルらと飛行機製造のデイトン・ライト社を興し、第一次大戦中にはデルコの工場で米国製の爆撃機DH4機を量産した。ディーズは第二次大戦後も、仲間と共に冷蔵庫、洗濯機などの家電製造にかかわり、手広く事業を開拓した。自動車。飛行機。家電。電子・情報産業。こうしてみると、ディーズがかかわった事業が二十世紀の「アメリカの時代」を牽引した産業の歩みに重なっていることがわかる。いやオハイオの地そのものが、二十世紀末に米国で情報通信革命が起きるまで、アメリカ産業の中心地のひとつだったのだ。

二十世紀の初頭、なぜオハイオが工業の先進地になったのか。まずラストベルトに共通の特質としては、「地の利」が考えられる。当時の重工業に必要だった石炭の産地が近場にあり、五大湖に近いことから大量の水も得られた。積み出しができる東海岸に近いうえ、五大湖による水運も盛んで、鉄道も早くから発達していた。自動車の町デトロイト、鉄鋼の町ピッツバーグが誕生したのも、こうした天然資源の豊かさや四通八達する運送網に支えられたからだ。

だがラストベルトの中でもとりわけオハイオには、進取の気風がみなぎっていた。それは一八九〇年に連邦政府が公式に「フロンティア消滅」を宣言するまで、オハイオが一貫して、西部開拓への玄関口であったこと無縁ではないように思える。多くの入植者、とりわけ十九世紀末に大量に押し寄せた移民の波は、まず東海岸に辿り着き、さまざまな交通網を通ってオハイオに至り、そこから西部に向かった。いわば、フロンティア精神にあふれる気質が、その地に培われたのである。

その進取の気風は、ディーズだけに留まらない。あの「発明王」エジソンもオハイオ生まれで幼時を過ごした。初飛行に成功したライト兄弟も、その生涯の大半を過ごしたのはデイトンなのである。

ディーズが寄贈した歴史博物館の裏手には、そのライト兄弟の仕事場を再現した記念館もある。自転車店から出発した兄弟が、いかに器用な手仕事で素材を作り上げ、風洞実験で飛翔実験を積み重ねたのか、その工具や器械、飛行機の実寸大模型に至るまでを、克明に再現した記念館だ。その展示を見た後で、庭の木陰のベンチで足を休ませていたボブを見かけ、こう感想を話した。

「オハイオがどうしてアメリカ工業の中心地になったのか、よくわかりました。戦後生まれのぼくらが日本のテレビで見たアメリカのイメージは、ここから生まれたんですね」

日焼けすると肌がピンク色になるボブは、サングラスをかけたまま、得意そうに汗の滲む顔をほころばせ、「明日はもっと大きな博物館を見せよう」という。車で自宅から三十分ほどなのに、ボブ自身は、めったにその博物館を訪れることがない。訪問客があると、一緒に見に連れていくのは、いつも妻のユンか、最近免許を取ったティムの役割なのだ。

ボブがその博物館を敬遠する理由を知ったのは、もっと後のことだった。

4

ライト兄弟が飛行演習を重ねたデイトンの草原はその後、米陸軍航空隊の基地になり、戦後に米空軍が独立してからは、ライト・パターソン基地として空軍がロジスティクスや兵器開発の拠点を置いている。ちなみにパターソンは実験飛行中に事故死した中尉の名前で、その父親はＮＣＲの創設者だった。

今も基地として使われている広大な敷地の一角に建つ四棟の巨大な建物が、全米最大の「国立米空軍博物館」である。その大きさが、半端ではない。たとえてみれば、一棟は、巨大なジャンボ・ジェット機を数機並べられる格納庫ほどの広さと高さなのだ。実際、この博物館には草創期の複葉機から最新の航空宇宙機、過去に使われた歴代の大統領専用機「エアフォース・ワン」の実機まで、三百六十以上の飛行機が展示されている。飛行機好きなら、見終えるまで優に一日はかかりそうなマニア垂涎の博物館なのだ。

展示はまず、ライト兄弟ら草創期の実験機や試作機から始まる。ライト兄弟は、最初は自転車の応用を考え、凧やグライダーの研究を重ね、一九〇三年にはノース・カロライナ州で初飛行に成功する。動力によるプロペラで操縦する、空気よりも重い最初の飛行機、「ライトフライヤー号」の誕生である。ライト兄弟はその後もデイトンで試作や改良を続けたが、驚くべきは、米陸軍が早くも一九一一年には軍用飛行機を導入し、飛行士養成学校で訓練を始めた点だ。ライト兄弟から指導を受けた最初の訓練生には、第二次大戦中に米陸軍航空軍の司令官になるヘンリー・アーノルドもいた。

米陸軍が、これほど早く飛行機の軍用化に踏み切ったのには、理由がある。すでに十九世紀後半の南北戦争では、両軍共に熱気球を飛ばし、上空から敵軍の動向を偵察していた。熱気球は一八九八年の米西戦争でも使われた。より高速で、操縦が自由になる飛行機の発明は、その機動力を飛躍的に高め、軍事作戦を一変させることになった。一九一六年にメキシコのパンチョ・ビラ率いる革命軍が国境を越えてニューメキシコ州に住む市民を殺傷した時に、ウィルソン大統領は最初の飛行隊を国境に派遣し、偵察にあたらせている。

しかし一九一四年に始まる第一次大戦で、いち早く軍用飛行機を実戦に投入したのは米国ではなく、むしろ欧州だった。その時点で使用可能な飛行機が十二機足らずしかなかった米国に対し、すでにドイツは百八十機、フランスは百三十六機、英国は四十八機の軍用飛行機を製造していた。

果てしのない塹壕戦で膠着状態が続いた第一次大戦は、末期になるに従い、戦争の形を変える新兵器が投入され、戦況に大きな影響を与えた。陸では塹壕を突破する戦車、海では戦艦や輸送艦を攻撃する潜水艦、空では遥か上空から偵察、爆撃をする飛行船や飛行機の登場である。

飛行機による地上爆撃は一九一一年十月、リビアでイタリア陸軍航空隊がオスマン帝国軍に爆弾を投下した例が世界初といわれる。翌年のバルカン戦争ではブルガリアが二十二ポンド（約十キロ）爆弾を開発して本格的な都市爆撃を行った（岩波書店「第一次世界大戦」第一巻、山室信一氏の「シリーズ総説」による）。

だが第一次大戦における戦略爆撃で有名になったのは、ドイツが開発した硬式飛行船「ツェッペリン」だろう。飛行船は一五年十月、本格的に投入され、ロンドンに対し、新月の深夜に百五十九回の爆撃を行い、五百五十七人の市民が犠牲になった。だが英軍も防空性能を高め、末期に飛行船は飛行機に道を譲る。

ドイツのゴータ社は大戦中に双発爆撃機を五百機近く生産し、昼夜合わせて十七回、ロンドンなどを攻撃し、千四百人を超える犠牲者を出した（同二巻、伊藤順二氏によるコラム「ゴータ爆撃機の空襲」による）。

連合国寄りの政策を取りつつも中立を保っていた米国は一七年四月、潜水艦攻撃を続けるドイツに宣戦を布告し、大戦に参加した。戦争で欧州に送られた米兵は二百万人を超える。アメリカは、豊富な資源を投入して飛行機の量産を始めた。当初は英国のデ・ハビランド社が製作した飛行機をライセンス生産する計画だったが、発動機の到着が間に合わないため、米国で開発された12気筒四百馬力の強力なリバティ・エンジンを搭載して改良を重ね、欧州での地上攻撃や偵察などにあたらせた。米陸軍航空隊はこのデ・ハビランドDH4爆撃機を一万二千機以上発注したが、大戦が終結したため、実際に製造したのは四千四百四十六機だった。うち三千百六機を製造したのが、先にディーズの事業で触れたオハイオにあるデイトン・ライト社だった。

一九一四年、ドイツに宣戦布告した日本は、同盟関係にあった英国と共に、ドイツが海軍の拠点を置く中国・膠州湾の青島を攻撃した。海軍が湾を海上封鎖すると共に、陸軍が五機の飛行機と気球、海軍も水上機二機を投入して偵察などの任務にあたった。これが日本で戦争に飛行機を投入する最初の事例になった。

第一次大戦のさなかには、革命によってロシア帝国が崩壊し、戦争に参加したハプスブルク帝国、オスマン帝国が消えた。消耗戦で疲弊した欧州列強に代わって台頭したのは、自国が戦争による被害を蒙らず、特需によって成長した米国と日本だった。

5

将来の戦争で飛行機が主役になることを最初に説いた人物として有名なのは、ウィリアム・ミッチェルである。彼は第一次大戦ではフランスに派遣され、米陸軍航空隊の現地司令官を務めた。早くから空軍独立論を唱えた彼は、艦船を空から撃沈する実験をして航空機の威力を示したが、その言説が災いして左遷された。悪天候で友人の乗る飛行船が墜落した二五年には、陸海軍の幹部を批判する声明を新聞に発表し、直ちに軍法会議にかけられた。彼は指揮権を奪われ、職務五年間の停止処分を受けて除隊した。この前年に彼は、「いずれ日本が、晴れた日曜日の早朝にハワイを攻撃する」と予言した。

こうした生涯を描いた映画がオットー・プレミンジャー監督による「軍法会議」(一九五六年)だ。この作品ではゲーリー・クーパーが、生一本で筋を曲げないミッチェル役を演じた。だがこのミッチェルは、実はその後の日本に重大な影響を与えることになる。

「空軍独立」を唱えたミッチェルは除隊後、生家のあったバーモント州に戻り、一九三六年に五十六歳の若さで没した。その晩年まで、彼を慕った昔の仲間がいる。「ミッチェル・スクール」と言われた信奉者の筆頭が、先に触れた「米空軍の父」、ヘンリー・アーノルドだった。

二〇一七年八月に放映されたNHK・BS1スペシャル「なぜ日本は焼き尽くされたのか」は、第二次大戦中に米陸軍航空軍を率いたアーノルドが、なぜ戦争末期に日本に無差別攻撃をするに至ったのかを追う傑出したドキュメンタリーだ。取材班は米空軍士官学校に残る空軍幹部二百四十六人の聴き取り録音テープを発掘し、その記録をもとに真相に迫った。

実は米国は戦前、軍用飛行機の製造ではトップのドイツ、二位の日本に水をあけられ、世界第六位に留まっていた。航空隊は陸軍に従属し、陸の十七万人、海の十四万人と比べ、わずか二万人の弱小部隊だった。真珠湾攻撃で大戦に参加した米国のルーズベルト大統領は、日独の航空力に比べ、はるかに劣る現状を知って驚愕した。航空隊を航空軍に格上げし、百倍の予算をつけた。アーノルドを統合参謀本部にも参加させ、航空軍の指揮権を与えた。

しかし番組によると、アーノルドの苦悩はそこから始まった。師のミッチェルに習い、「空軍独立」を夢見たアーノルドは、戦争で航空戦力の威力を見せつけようと、超大型の爆撃機B29の開発に乗り出す。それまでの航続距離を二倍に伸ばし、敵の火砲の脅威にさらされない一万㍍の高度を飛ぶ「超空の要塞」である。

だが、三十億ドルという巨額を投じて開発した新型機は、当初の見込みより遥かに貧弱な成果しか上げられなかった。アーノルドも、対日作戦の現地指揮官ヘイウッド・ハンセルも、軍需産業や発電所など、軍事目標のみを攻撃する「精密爆撃」を建前としたからだ。日本の高度一万メートルの上空には時速二百キロのジェット気流が吹き、冬季は厚い雲に覆われる。四四年十一月から翌月にかけ、武蔵野にある目標の中島飛行機の工場を狙ったB29の編隊は、命中率わずか二・五%という結果に終わった。ハンセルは解任され、アーノルドは当時三十八歳のカーチス・ルメイを現地指揮官に据えた。ちなみにルメイもまたオハイオ州生まれで、州立大学に進学後、陸軍航空軍のパイロットの道を歩んだ。

四五年二月、ワシントンの統合参謀本部にいたアーノルドの下に、衝撃的な報せが舞い込む。米軍が攻略した硫黄島から飛び立った海軍の小型機の編隊が、中島飛行機の工場を空襲し、壊滅させたという。成果を出せないアーノルドは、海軍のニミッツや陸軍のマッカーサーが指揮権を要求してくることを恐れ、ルメイに作戦の変更を命じた。焼夷弾を使って大都市を空爆する。無差別戦略爆撃の指令だった。

三月十日、三百二十五機のB29の編隊は、二時間半の間に三十五万発の焼夷弾を東京上空からばら撒き、一晩で十万人以上の死者が出た。東京大空襲である。三月十二日から十九日まで名古屋、大阪、神戸が続いたのち、空襲は中断する。ルメイが百五十万発の焼夷弾を使い切ってしまったからだ。補充された一か月後、今度は地方都市への空襲が再開される。沖縄での日本軍の組織的抵抗が終わった六月以降、陸海軍の日本本土上陸は十一月一日に予定された。ルメイは、日本全国の百八十の都市を九月までにすべて壊滅させ、十月一日までに戦争を終わらせる目標を立てた。空軍だけで戦争を終わらせて、空軍を独立させる。ミッチェルやその愛弟子アーノルドの夢を実現させるためだ。

実は無差別戦略爆撃の思想は、ミッチェルから始まった。彼は戦前、敵国の一般市民に恐怖心を与えて戦意を失わせるという戦略爆撃の理論を唱え、大戦中にアーノルドはその趣旨に沿って焼夷弾の開発を進めていた。

だがルメイの計画は途中で変更を余儀なくされる。NHKの番組によると、日本への焼夷弾による空襲で多くの市民が巻き添えになったという報道に驚いた陸軍長官のヘンリー・スティムソンは四五年六月、アーノルドを呼び出して事情を聴いた。焼夷弾による残虐な空襲を止めさせるためには「新兵器」を使う選択肢もある。長官は会談後、そうメモに書き残した。

デイトンにある米空軍博物館の「第二次大戦」コーナーには、多くの戦闘機や爆撃機、偵察機が展示されているが、その最後を締めくくるのは、長崎に原爆を投下したB29の「ボックスカー」の実機だ。巨大な怪鳥を思わせる姿で、隣に置かれた日本の紫電改は小鳥のように見える。そばのパネルには、上空で原爆「ファットマン」を投下するB29の想像図が描かれ、「第二次大戦を終わらせた飛行機」という説明文が書かれていた。

こうして「残虐な焼夷弾」を止めさせるために、ルメイの指揮のもとに二度にわたって原爆が投下され、米空軍は一九四七年、ミッチェル、アーノルドの悲願だった「独立」を果たした。

6

原爆投下は、本土上陸をしていれば失われていたはずの膨大な米兵の命を救った。

そうした「原爆神話」に異を唱える声が米国内にも少なくないことを、皮肉な形で示したのが、戦後五十周年に向けて一九九四年にスミソニアン航空宇宙博物館が計画した「エノラゲイ」展をめぐる論争だった。広島に原爆を投下したB29の「エノラゲイ」と共に、ヒロシマ・ナガサキの死傷者の実態や遺品、そしてその後の核軍拡競争の経過を示す。そうした展示の素案が配布されると、退役軍人や国民の間から猛烈な反対の声が起きた。米上院は決議でその素案を「修正主義であり、第二次大戦の多くの退役軍人を侮辱する」ものだと非難し、展示は骨抜きにされ、博物館長は辞任に追い込まれた。

私は九七年、論争の顛末と素案の全容をまとめた著書「拒絶された原爆展」（みすず書房）の出版のために来日したその元博物館館長マーティン・ハーウィット氏に、インタビューをしたことがある。

今から振り返ると自分の考えの浅さに恥ずかしくなるが、私の質問の中核にあったのは、「原爆は他の通常兵器と、どう違うのか」という疑問だった。前田哲夫氏の著書「戦略爆撃の思想　ゲルニカ―重慶―広島への軌跡」（朝日新聞社）によれば、市民を無差別に殺傷する戦略爆撃はドイツによるゲルニカ攻撃に始まり、日本軍による重慶、成都への渡洋爆撃に引き継がれた。第二次大戦中、連合国軍はこれをドイツのドレスデン空爆に使い、ドイツ降伏後は、太平洋戦域に舞台を移して日本への戦略爆撃が進められた。

広島・長崎への原爆投下では少なくとも二十万人以上が犠牲になった。一瞬のうちに膨大な命を奪う非人道兵器の残虐さは言うまでもない。しかし、東京大空襲でも十万人以上、全国六十四の都市に対する焼夷弾の空爆では合計で三十万人もの人が犠牲になった。原爆だけが問題ではなく、戦略爆撃そのものの非人道性を問わない限り、悲劇は繰り返されるのではないか。現に第二次大戦後、原爆こそは使われなかったが、世界の紛争地で多くの市民が戦略爆撃による通常兵器やナパーム弾の犠牲になった。私の疑問は、そこに発していた。それに対するハーウィット氏の答えは、今も脳裏に鮮烈に焼き付いている。

「原爆は、一瞬のうちに熱線、爆風が地上にいるすべての人間をなぎ倒す。それだけではない。医療施設を吹き飛ばし、救援や治療に駆けつける人々をも被ばくさせる。生き延びても、その後数十年にわたってガンや白血病などで倒れ、あるいはその恐怖に脅えて生きねばならない。その点が、他の通常兵器とはまったく違うのです」

たしかに、米国の歴史家ジョン・W・ダワー氏が指摘するように、当初の原爆の犠牲者については、その後の関連死を含めておらず、数そのものも控えめだった。四六年のアメリカ戦略爆撃調査団は広島での死者数を七万から八万人、長崎での死者数を三万五千人から四万人としていた。ここから、広島、長崎のそれぞれの死者は、東京大空襲よりも少ないという誤解が生まれた。ダワー氏によれば、七九年の詳しい調査で、長期にわたる被爆者の死者数を入れると広島、長崎それぞれで当初の二倍になることがわかった。九二年の厚生省統計では、六九年以前に亡くなったヒバクシャは三十万から三十五万人だった。二つの原爆で、通常兵器による空爆の犠牲者の総数を上回る死者が出た。

もちろん、兵器で残虐性を比較することはできない。「より人間的」とか、「より優しい」などという表現が使えるはずもない。しかし救援を絶ち、その後も長期にわたって犠牲が拡大する原爆について、その残虐性が極大になった点は見逃せない。

周知のように、米国が極秘の「マンハッタン計画」で戦時中に製造した原爆は三発だけだった。四五年七月十六日、ニューメキシコ州トリニティの実験で使われたプルトニウム爆縮型の原爆と、八月六日に広島に投下した濃縮ウラン・ガンバレル型の「リトルボーイ」、そしてその三日後に長崎に投下したプルトニウム爆縮型の「ファットマン」だ。

日本を敗戦に追い込むために、ほんとうに原爆は必要だったのか。とりわけ二度目の長崎への投下は、違うタイプの原爆の破壊力を試す目的があったのではないか。原爆投下の目標を選定するにあたって、その効果を測定できるだけの十分な広さを持った都市を条件の一つにしていた米軍だけに、そうした疑念が生じて当然だろう。ちなみに長崎の場合は、第一目標の小倉が視界不良だったため、ボックスカーの残りの燃料が足りなくなり、第二目標の長崎に変更されるという「偶然」の要素も加わっていた。

先の「エノラゲイ展示」の騒ぎを見てもわかるように、アメリカ人の深層にまで浸透した「原爆神話」は根強く、たやすく崩れそうにはない。その理由のひとつは、戦後の占領軍が敷いた検閲制度だろう。米軍は四五年九月から、占領下の日本で原爆に関する一切の報道や議論を検閲で禁止した。これは四八年遅くに緩和されたが、四九年半ばまで続いた。米軍は原爆にまつわる一切の情報を秘匿し、統制下に置いた。オーストラリアのジャーナリスト、ウィリアム・バーチェットが英紙に寄せた記事などわずかの例外を除き、その被害の実態は世界には伝えられなかった。

さらに四九年、ソ連が原爆を開発し、五七年に最初の人工衛星スプートニクの打ち上げに成功すると、米国には差し迫った核攻撃に対する恐怖が一気に広がった。核に対しては数倍の報復をする準備を整え、相手の使用を抑止するという「核抑止の思想」が定着した。その過程で生じたのが、上院議員マッカーシーによる赤狩り旋風、いわゆるマッカーシズムだった。

自らの「恐怖」は相手への「恐怖」をもって制するという米ソの軍拡競争が、全面核戦争寸前の危機に至ったのが、六二年十月にケネディ政権の下で起きたキューバ危機だ。

危機の13日間を描いたロジャー・ドナルドソン監督の映画「13デイズ」には、ケネディ兄弟を始め、危機に直面した高官たちが登場する。対応策は、二つに絞られていた。キューバの核ミサイル基地に向かうソ連の船舶を阻止する海上封鎖か、キューバへの空爆である。しかし、空爆は限定的であり、核によるソ連の反撃も考えられた。そうなれば、全面核戦争に至る可能性もあった。

映画では、冷静に事態の収拾を進めようとするロバート・ケネディ司法長官と対決する人物として、空爆に自信を見せる直情型の米空軍参謀総長が、皮肉たっぷりに描かれる。それが、前年七月、ケネディ大統領に任命されたカーチス・ルメイだった。

ケネディは、ルメイの空爆の建策を退け、海上封鎖の道を選ぶ。ロバートらがソ連側と秘密裏に折衝し、フルシチョフは結局キューバから核ミサイルを撤去して危機は収束した。

だが核危機を乗り越えたケネディも、その時期にはベトナムへの米軍事顧問団を拡大し、直接介入への泥沼を歩み始めていた。六三年十一月にケネディが暗殺され、その後継になったジョンソンは、ベトナムへの本格介入に踏み切る。ルメイは六五年一月末まで、空軍参謀総長に留まり、その政策に影響を与えた。

ちなみに佐藤栄作内閣は、ルメイがまだ空軍参謀総長だった六四年十二月、彼に勲一等旭日大綬章を授与している。日本の航空自衛隊の育成に功績があった、という理由だ。

さて、第二次大戦の展示に続くのは、朝鮮戦争と東南アジア戦争の展示棟だ。中心にそびえるのはB29をさらに巨大にしたB-52爆撃機である。なにしろ全長は五十メートル近く、全幅も五十六メートルという巨体だから、さしもの格納庫も狭く見える。B-52は冷戦下ではソ連に近い上空をパトロールし、核の先制使用や報復爆撃に備えて待機する任務に就いた。ベトナム戦争では北爆に使われ、絨毯爆撃をする「死の鳥」と恐れられた。

その重々しい、黒ずんだ機体を見ていると、兵器の巨大化に向けるアメリカ人の、宗教にも似た狂おしい情熱を感じないわけにはいかない。矛盾するようだが、そこには、攻撃で人を殺傷する罪の意識から免れたい、という強迫性の衝動も働いているかに見える。

7

巨大な爆撃機を見ながら私は、オハイオを訪れる直前に読んだ一冊の本を思い出していた。それは「戦争における『人殺し』の心理学」(ちくま学芸文庫)という穏やかならざる題名の研究書だ。著者のデーヴ・グロスマンは二十三年間、米陸軍に勤めた職業軍人で、ウェスト・ポイント陸軍士官学校の教授となった。この本の主題を一言で要約すると、「どうすれば人は戦場で人を殺すようになるのか」ということになる。

執筆の出発点になったのは、第二次大戦中の面接調査でアメリカの歴史学者が発見した驚くべき事実だった。敵との遭遇戦で火線に並ぶ米兵百人のうち、発砲したのは一五〜二〇％しかおらず、その割合は戦闘が何日続こうが変わらなかった。つまり、ほとんどの人間には、同類の人間を殺すことに強烈な抵抗感がある、という事実だ。

その事実を、当たり前と思う人も多いだろう。しかし平時では当然の心理であっても、自分や同胞の命が懸った戦場で、なおもその心理機構が強固に働いていたというのは、驚くべきことのように思える。

だがこの事実は、どんな条件づけや教練によってもこの抵抗感が残る、ということを意味しない。著者は南北戦争からの戦史をたどり、「非発砲者」や「放棄された銃」など、同類に発砲できない人間の抵抗が、戦場においては昔から軍によって「問題視」されていたことを指摘する。だが第二次大戦中の研究をきっかけに、米陸軍は多くの訓練法を開発し、兵士の抵抗感をなくす「改善」に務めたという。その結果、朝鮮戦争では発砲率が五五％に上昇し、別の調査によると、ベトナム戦争でその率は九〇〜九五％にまで「向上」した。射撃訓練での兵士に対する条件づけ、殺人の合理化、指揮官や同胞との絆の強化などのプログラミングの結果だ。

どうしたら人は人を殺すようになるのか。その研究で著者が最初に指摘するのは殺人と物理的な距離の関係だ。素手やナイフ、銃剣を使った近接遭遇戦ほど、抵抗感は高い。それが手榴弾、ライフルと遠ざかるにつれて低くなる。空爆になれば、ほとんど抵抗感は弱まる。「遠くからはだれも友達には見えないのだ。遠くからなら、人の人間性を否定することができる。遠くからなら悲鳴は聞こえない」。そう著者は書く。

戦略爆撃機の乗員ばかりか、爆撃の生存者の側でも、その後長期のトラウマに苦しんだ人は少ない、と著者はいう。対照的に、ナチスの強制収容所の生還者のほとんどはトラウマに苦しみ続けた。多くの人は、戦略爆撃機の乗員に強烈な嫌悪感を抱かず、彼らがしたようなことなら自分もやるかもしれない、と思う。しかしナチスの死刑執行人には慄然とし、そんなことだけは自分にはできない、と思う。そう著者は指摘する。

爆撃も強制収容所での処刑も、無辜の死をもたらすことに変わりない。質的な違いをもたらすのは死の在り方だ。爆撃機の乗員は犠牲者と一度も会ったことがなく、敵意を抱く個人的理由は何もない。敵対的な意図の有無が両者を隔てる。特定の個人の死を意図したものではない、という「距離」が、その抵抗をやわらげる、というのだ。

どんな意匠をこらそうと、戦争とは破壊であり、殺戮だろう。地上戦での阿鼻叫喚を見た人間は、そのことを熟知している。しかし戦略爆撃機のパイロットや爆撃手、航法士、無線通信士に、その自覚はあったろうか。あるいはこう言い換えてもいいかもしれない。アメリカは破壊の効率化を求めて爆撃機の巨大化を推し進めた。しかし、地上の人の顔が見えない超高高度からの爆撃は、戦争が殺戮であることを遮蔽し、その罪責感を消し去ることも意図していたのだ、と。だからこそ、退役軍人はヒバクシャの記憶に目を塞ぎ、その記録を公の場に展示することに、あれほどの拒否感を示すのではないか。

考えてみれば、ベトナム戦争後に登場した「スマート爆弾」や「精密爆撃」、その後に現れたグローバルホークやプレデターなどの無人機は、その「距離」をさらに無限化した。地上の人を殺戮するのは、もはや兵士個人ですらない。殺戮するのはゲームの中のアバターや、遠隔操作されたロボットであり、心理的な距離すら、もう消えてしまっている。

B-52の機体を仰ぎ見ながら、そんなことを考えた。

ボブやユン、ティムとは、三時間後に入口の売店で落ち合うことにしていた。第二次大戦までの展示に時間を取られたせいで、宇宙飛行機や歴代のエアフォース・ワンは足早に通り過ぎて売店に向かった。見ればボブはすっかりくたびれた様子で、椅子に腰をかけ、右膝を擦っている。いったん戻ったティムは呼び物のシミュレーターを体験したいと出かけたまま、戻ってこないのだという。

帰宅したその日の夕暮れ、歩き疲れたボブは早めに寝室に向かい、庭に張り出したテラスにユンと私が残ってバドライトのビール缶を開けた。日中はかなりの陽射しだが、黄昏になると、空気は冴えて微風が心地いい。

広い庭ではホタルが明滅し、かすかな残光を曳いて消えていく。日本のホタルと違って、発光の時間が短く、その飛翔の軌道もずっと低い。それも、示し合わせたかのように交互に飛び、一斉に光ることがない。線香花火の残り火のような光を見ながらビールを飲んでいると、ユンが話しかけてきた。

米空軍博物館には、一般市民や家族連れに混じって、帰還兵も多く訪れる。所属の部隊名を刺繍した記念の帽子を被っているので、すぐに分かる。その日、入口近くに腰掛けていたボブは、その一人を見かけて立ち上がり、話しかけたのだという。

「それが、偶然、同じ部隊の人だったらしい。現役の時はお互い知らなかったらしいけれど、不思議だよね。ボブはめったに博物館に行かないのに、戦友とばったり再会するなんて。来年はテキサスで部隊の戦友会があるらしい。でも、あの人、行くかなあ。いい思い出はないみたいだから」

話を聞いているうちに、ようやくボブが、ベトナム戦争の帰還兵であり、B-52にかかわっていたことを理解した。

8

ボブの家には「開かずの間」がある。実際には二つの扉がいつも開け放たれ、出入りは自由なのだが、なぜか通るのが憚られる。ユンもティムもふだんは台所を通って庭に出入りし、その居間に足を踏み入れない。ティムが得意のピアノを弾くというので、初めてその部屋に入った。

すぐに理由がわかった。彼の両親、亡くなった兄だけでなく、二人の娘とその家族の大きな写真が額に収められ、こちらに微笑みかけているのだ。それだけではない。壁には彼の母親が蒐集した素描や手縫いの壁掛けなどが掛かっている。大きなテーブルのクロスの上には、ほとんど使うことのない客用の高価な食器が五人分並べられている。おそらく、母親が亡くなって以来、一インチも動かしたことのない配置だろうが、食器は今も輝き、部屋には埃ひとつ見当たらない。

手縫いの壁掛けは、「我が家に神の祝福あれ」と添え書きをした自宅が真ん中に大きく描かれ、周りは左上から時計回りに十二のマスが置かれて、各月の情景が描かれている。

一月は雪だるまで遊ぶ子供たち。向き合う二羽の鳩とハートのマークを描いた二月は、バレンタインデーを意識したのだろう。三月は凧揚げをする子供たち。四月は横たわる羊と復活祭を彩る飾り卵。五月は池に戯れる鴨の親子。六月に鐘が二つ描かれているのはジューン・ブライドを思い描いたのだろう。七月は鋭い眼光を放つ国鳥の白頭鷲と、翻る星条旗。これは独立記念日を象徴している。そして八月に大きなスイカとヒマワリ、九月はクルミの樹、十月は麦の刈り入れと、農村の風景が続く。十一月は感謝祭の七面鳥、十二月はクリスマスツリー。

これを見ると、この壁掛けを見ながら次の行事を心待ちにし、過ぎた季節の風物詩に思いを馳せる幼少期のボブの後ろ姿が浮かんでくる。いやその後も、この壁掛けは時の流れをものともせず、老いたボブの思い出を守り続ける護符なのだ。たぶん、そのお守りが放つ見えない威光が、知らず識らず外部の人間を怯ませてしまうのだろう。

この「開かずの間」に限らず、ボブは驚くほど自分の流儀と領分を守り、妥協するということを知らない。

何度かボブ家とレストランに行ったが、一人前の分量が多いのでユンとティムがシェアしようとしても、ボブ一人は別の料理を注文して、他人の皿に手をつけない。これは欧米の人に多いので気にならなかったが、中華料理でもその流儀を貫くので、多くの皿を楽しみたいユンとティムとは透き間ができる。

朝起きて、ボブがまずやることは、小さな容器を嵌めてコーヒーを淹れ、それを魔法瓶に詰めることだ。それからベーコンとハッシュドポテトを温め、ライ麦パンで朝食を摂る。一度洗いした皿は食洗機に入れ、カウンターには紙ナプキンを一枚敷いて、その上にスプーンを載せる。なぜスプーンを置くのかわからないが、家族や他人がそれを片付けてしまうと、不機嫌そうに元に戻す。

それからテラスに出てコーヒーを啜りながら地元紙に目を通し、飽きると庭の小さな畑でキュウリやトマトの育ち具合を眺めたり、しゃがんで芝の伸びを確かめ、数日に一度は乗用芝刈り機で庭の養生をしたりする。それから痛む右膝を鍛えるために、地下室にあるヘルシーバイクで汗を流すか、畑の周りを歩くのが彼の日課だ。

膝を痛めてから彼は肥り気味になったが、元は筋肉質で、アメリカ人に驚くほど多い肥満体ではない。幼時からジャンクフードばかりを食べるアメリカ人には、子どものころは華奢で痩せているのに、成長が停まると腰回りが膨らみ、円錐を上下に合わせた体型になる人が多い。まるでフラフープをつけたまま服を着たような恰好で、本人も苦しいだろうと思うが、そういう人に限って肥満には無頓着で陽気に見えるのが不思議だ。一度、ボブ家と中華ブッフェの店に入った時など、夫婦とおぼしきフラフープ型のカップルが、一言もしゃべらず交互に席を立っては山盛りの皿を持ち帰り、黙々と平らげる姿が、まさに壮観だった。

変わらぬボブの趣味はアメフトで、テレビで中継があれば、オハイオ州立大のロゴの入ったTシャツを着て応援する。オハイオにはプロのNFLチームが二つある。彼の贔屓はクリーブランド・ブラウンズではなく、そこから追い出された人々が創立したシンシナティ・ベンガルズだ。名前はシンシナティ動物園にいたベンガル虎に由来し、黒と赤の虎模様で染まるBという字がロゴマークだ。

州立大が大学リーグの強豪であるのに対し、ベンガルズは弱小だ。しかしボブはNFLでの成績よりも、同じ州にあるブラウンズに敵愾心を燃やす。ライバル同士の試合がある日は必ず車を飛ばしてスタジアムに駆けつけ、Bのロゴ入りシャツを着てビールを飲みながら応援する。チケットに百ドル、駐車料金に二十五ドルもかかるので、妻のユンは迷惑顔だが、こればかりは譲れない。

ボブのいない席でユンは、夫のことを、「赤ん坊がそのまま大人になった人」と評する。機嫌がいいと、顔いっぱいの笑みを浮かべて冗談を連発し、快哉を叫ぶ。そうかと思うと急に黙り込み、どんなに話しかけても返事をしない。そんな時は、機嫌を取るだけ無駄というものだ。しばらく独りにさせておき、頃合いを見計らってユンが、「ハニー、さっきは悪かった」と言いながらその首に腕を回せば、ムスッとしながらも満更ではない表情になる。実際、派手な口喧嘩のあとで、そんな仲睦まじい情景を見せつけられ、目のやり場に困ったことも何度かあった。

寝室は三室ともに二階にあり、手洗いは二階を使っていいことになっていた。だが、水洗の音で夫婦を起こしてはという気遣いから、階段を下りて一階のバスルームを使うこともあった。ところが夜更けなのに、階下のリビングから、テレビの音声が聴こえることが何度かあった。五時に勤めに出るユンかと思ったが、それにしては早すぎる。ある夜、ユンに尋ねてみると、ボブなのだという。

「あの人、いつも夢にうなされて夜中にバッと起き上がる。そうすると眠れなくなって階下に行く。テレビをつけっぱなしにしてソファに横たわると、少しは眠れるらしい」

9

オハイオ州立の単科大学で工学を専攻したボブが、卒業してすぐに徴兵で郡の仲間二人と米空軍に入ったのは一九六九年四月、彼が十九歳の時だった。新兵の受ける基礎訓練のあと、戦術航空団の通信隊に配属されて南ベトナムの基地に送られた。

彼が基地に着いたその日、基地は南ベトナム民族解放戦線の激しい攻撃にさらされ、爆弾で百六十人ほどの部隊に死傷者が出た。砲煙や土埃が立ち込める中を、新兵たちは逃げ惑い、「ママ、ママ」と叫んだという。

ケネディ政権の後を継いだジョンソン政権は、当初は米軍事顧問団による介入に留まっていたが、六四年八月に北ベトナム沖で米海軍駆逐艦に魚雷が発射された「トンキン湾事件」をきっかけに、本格介入に踏み切った。ちなみにこの事件は、北ベトナム軍が米駆逐艦を南ベトナム軍と誤認して攻撃したのがきっかけだが、その拡大が米軍による捏造だったことが、一九七一年にニューヨーク・タイムズが暴露した「ペンタゴン・

ペーパーズ」で明らかになる。

その後、米軍はまず海軍の空母艦載機による空爆を行ったが、六五年三月からは空軍による本格的な北爆「ローリング・サンダー」作戦に入る。六七年以降は、グアムや米軍施政下にあった沖縄からB―52が飛び立ち、北ベトナム全土を絨毯爆撃した。

これと並行してジョンソン政権は陸軍や海兵隊を次々に送り込み、泥沼の深みにはまる。そのころに起きたのが、六八年三月、米陸軍の小隊が無抵抗の村人五百人以上を虐殺したソンミ村事件だった。このころには、焼夷弾を強化したナパーム弾や、枯葉剤による被害も次々に明るみに出た。

米国では、残忍で無慈悲な殺戮に対して広範な反戦運動が燃え広がり、その年十一月の大統領選では五十万人を超える派兵の削減を訴える共和党のニクソンが当選した。

ボブたちがベトナムに送られたのは、ちょうどその頃にあたる。彼が配属された通信隊は、航空機との通信確保、管制、攻撃で破壊された通信の補修・回復など、空軍の生命線ともいえるコミュニケーション維持の専門家集団だ。後方支援の一方で偵察機からの情報を航空指令に伝え、攻撃を側面から支援する。搭乗員のように、直接爆撃にかかわるわけではないが、米空軍一体となっての攻撃という点では、重要な役割を果たした。

彼は休暇をタイなどアジア各地で過ごして一年後にオハイオに戻り、さらに三年間、空軍で勤務して除隊した。しかし、その後に苦しんだのは、戦場での恐怖や爆撃への罪責というよりは、故郷に帰還してからの周囲の冷たい視線だった。

ベトナム戦争が始まったころ、米国では十八歳半から二十六歳までの男性に徴兵登録を義務づけ、抽選によって徴兵されれば、二年間の兵役、五年間の予備役に就くことになっていた。途中で条件は変わるが、ニクソン政権が七三年に廃止するまで、徴兵制度が続いた。もちろん、志願兵も少なくなかった。クリントン大統領のように海外に留学したり、息子のブッシュ大統領のように州兵になったりする例もあった。だが階層や人種にかかわりなく徴兵されるのが当時の基本だった。

英国の歌手ポール・ハードキャッスルが八五年に発表した「19」は、ベトナム戦争の米兵の平均年齢が十九歳だったことを象徴している。ボブのように、まだあどけなさを残す若者が、全米から動員されたのである。

しかし、徴兵制ゆえに全米に広がった反戦運動は、帰還兵にとっては辛いものだった。故郷に帰っても、凱旋パレードがあるわけではなく、逆に帰還兵は「人殺し」や「犯罪者」の汚名を着せられた。

私がニューヨークに滞在していた八〇年代末は、米経済がどん底の時代で、ホームレスも急激に増えていた。その取材で訪れたシェルターで、私はホームレスの中にかなりのベトナム帰還兵がいることを知って愕然とした。戦場での過酷な経験からＰＴＳＤになるだけでなく、周囲の冷たい扱いに耐えられず、アルコールや薬物依存に溺れる人が多かった。

米軍が無意味で非道な戦争を続け、敗れたのは事実だ。しかし、そこに否応なく巻き込まれた多くの若者たちの末路は、ただその戦争を悲惨なものにした。

首都ワシントンの中心部に八二年、ベトナム戦没者慰霊碑が建てられた。ただ「壁」と呼ばれるその戦没碑に、毎年三百万人の遺族や友人、戦友が訪れ、壁に刻まれた六万人近い戦死者の名前を指でたどる。

九二年、「壁」の建立を呼びかけた弁護士のジャン・スクラッグズ（当時四十二歳）に取材したことがある。彼は六八年に十八歳で米陸軍に志願し、サイゴンの北東約百キロのジャングルでバズーカ兵になった。敵兵から手投げ弾の攻撃を受けて負傷したが、戦線に復帰した二か月後の七〇年一月、迫撃砲の誤爆事故で、一瞬のうちに十二人の戦友の命が奪われた。所属中隊の死傷率は六割で、「壁」には三十人以上の仲間の名前が刻まれた。

「あの戦争を誇りに思う帰還兵もいる。誤りだったと断罪する帰還兵もいる。でもほとんどの帰還兵は、いまだに、『なぜだ？』と自問している」

「大義」なく死んでいった若者たちの記念碑をつくることは、だれよりも自分にとって必要だと思った。だが、インタビューの終わりに彼はこう言った。

「誤爆事故で死んだ仲間の名前を見にいったのは今年の七月が初めてだった。それまで六百回は壁を訪ねていたが、彼らの名前を直視することができなかった」

たぶん、帰郷したボブも、同じ悲哀と罪責に襲われ、夜ごと蘇る悪夢に苦しめられてきたのだろう。彼が家具を一インチも動かさず、頑なに自分の流儀を守り続けてきたのも、過去から続く日常を防御線にすることによって、自我の崩壊から自分を守ろうとしたためではなかったか。

日本で七〇年にヒットした「戦争を知らない子供たち」を作詞した北山修、作曲した杉田二郎は共に四六年生まれで、当時は二十歳代前半だった。その歌を聞きながらベトナム反戦運動の先頭に立ったのも、団塊の世代だった。しかし同世代のアメリカの若者の多くは、「大義なき戦争」に駆り出され、敵意に包囲されながら帰還するしかなかった。その姿は、第二次大戦から帰還した日本兵に近かったのかもしれない。

10

オハイオを去る前夜、ボブが夕食後に、庭でキャンプファイヤーをやろうと提案した。庭の片隅の木立の前に、輪切りにしたドラム缶があり、そばに積んだ薪の山からボブが抜き取って火にくべる。炎は驚くほどの勢いで燃え盛り、爆ぜる火花が空を焦がした。

ティムはトウモロコシを棒に差して焔で焼き、みんなに配った。この辺りでは鹿や野兎やリス、外見は愛らしいスカンクも目にした。たぶん焚火は、野外生活の余興というより、獣を避ける開拓時代の名残なのだろう。

焚火でトウモロコシを焼くのに飽きたティムは母屋に戻り、一振りの日本刀を持ち出して、暗闇を背に演武を披露した。

長身のティムが、焚火を背に刀を振り下ろすと、いつも纏っている黒いポンチョの影が闇に大きく揺れる。アニメをきっかけに日本文化に興味を抱くティムが、数日前に通信販売で取り寄せたのだという。模造刀なのだが、鉄の刀は持ち重りがして、切っ先も鋭い。ティムが包装ケースに斬りかかり、突き刺すと、いともたやすく段ボールが裂けた。

「武士の魂」について長々とティムが講釈を始めたので、「ほんとうの狙いは何だい?」とティムをからかった。

周辺に人家も疎らな農家だから、もちろんボブも、いざという場合に備え、地下室の箱に自衛用の銃を三つ保管している。未成年のティムは、その鍵を開けることができない。「独りで自衛するには武器が必要。この刀なら強盗を撃退できるでしょ?」。彼はそういって、また素振りを始めた。ユンによると、農村には白人が多く、ほとんどが自衛の銃を備えている。狭い社会なので、よそ者が来ればすぐ噂が広がる。だから、大都市よりもずっと安全なのだ、とボブはいう。

焚火の周りでビールを飲むボブは、いつになく饒舌だった。気になっていた大統領選のことを尋ねてみた。予想したように、トランプに投票したという。

「俺は共和党でも民主党でもない。仲間だって同じ。政治には興味がない。でも今回は、ヒラリーのことを信じられなかった。高官用のメールを私用に使っていたことが問題なんじゃない。彼女が当選すれば、オバマの八年間がこの先、四年間は続く。それには耐えられない、って思ってね」

かつて重工業地帯は組合の組織票が民主党の強固な基盤を支えた。しかしその工業は日韓中の後発組に追い越され、次々に外国に工場を移し、空洞化した。代わって米経済の牽引役になったのは、西海岸のＩＴ企業や東海岸のウォール街を根城とする金融テクノクラートたちだ。両岸を「指定席」にする民主党は、中西部の「声なき声」には耳を傾けなくなった。「忘れられた人々」に向かって、「偉大な米国」の復活を説いたトランプの演説は、たしかに彼らの琴線に触れたのだろう。

だが、その支持層が、人種差別やセクハラ、白人男性優位主義と取るしかないトランプの言動を支持しているかといえば、それは違う。ボブはゲイ・レズビアンを嫌っているし、友人にも白人が多い。マリファナ解禁などは、とんでもないという。しかし黒人やヒスパニックの人々とも屈託なく冗談を言い合い、人種差別にはとても敏感だ。トランプがロシアに接近し、ＥＵやＮＡＴＯを軽んじる発言が報じられた時も、「なんていう愚かなやつだ」と断って捨てた。見聞きした限り、オハイオの住人で、トランプの過激な発言を認める人はいなかった。

おそらく、「欧州やアジアに出し抜かれたアメリカの栄光を取り返す」というトランプの主張は、中西部でも受け入れられていない。実際に彼らが直面しているのは、重工業を推進役とした「アメリカの世紀」が終わり、今世紀はＩＴ・金融でグローバリズムを生き延びるしかない、という現実だ。そして両海岸に富をもたらすグローバリズムのせいで、中西部は取り残され、民主党はますます彼らの声を顧みなくなった、という現実だ。

保護主義に戻れといっても限界があることは、彼らも知っている。二十世紀に戻ることはもうできない。しかし、保護主義が、格差を拡大する一方のグローバリズムに歯止めをかけることに、彼らはかすかな望みを繋いでいるように思える。グローバリズムを推進してきた民主党より、トランプはまだマシに見えるのだろう。

ボブの家の前には高いポールが立てられ、その先端にいつも星条旗が翻っている。朝風が吹くと、青空を背に悠然とはためき、目に鮮やかだ。朝には、耳からはカランコロという木管、キンコンという金管の音が風に運ばれてくるので、オハイオの記憶は視覚の星条旗、聴覚の風の音が重なっている。

今夜が最後になると思って、焚火にあたるユンに聞いてみた。

「このあたりは、どの家にも星条旗が翻っている。オハイオは特別なんでしょうか」

実際、どの家も庭に星条旗がはためいている。公共の建物から、ホットドッグの屋台にまで、多くの星条旗の小旗が翻っているのが日常の景色だ。「これがすべて日の丸だったら」と、何度か想像してみた。ちょっと心が怯む光景だ。

だが、ユンの答えは意外なものだった。

「ボブが星条旗を立てたのは、去年だった。それまで、あそこにはポールがなかった。ヘンでしょ。周りの家はみんな立てているのに」

大統領に就任したトランプは、最初の予算編成で国務省や環境保護庁、農務省などの予算に大ナタを振るう一方、国防総省、国土安全保障省、退役軍人省の予算を大幅に増やした。その結果、ボブの軍人年金は月に七百ドルほどになった。暮らし向きが格段によくなる額ではないかもしれない。しかし彼にとっては、「この国が初めて自分たちを認めてくれた」ように思えたのだという。

ボブは去年、退役軍人病院で痛む右膝の手術を受けた。それも無料だった。担当医は術後五か月になるまで会ってくれなかったし、リハビリの経過も芳しくない。

だが、この国はやはり自分たちを忘れずにいた、というボブの気持ちには変わりない。

ベトナム戦争は、民主党政権下で拡大し、若者たちの未来を奪った。せめてその過去を記憶にとどめてくれたことに礼を言いたくて、ボブは星条旗を立てたのだという。

だが、トランプは保護主義を前面に押し出し、貿易戦争に火をつけようとしている。オバマ政権が進めた「二酸化炭素削減」の方針をあっさり反古にし、「核なき世界」の理念も捨てて「使える核」の開発に舵を切った。行き過ぎたグローバリズムの反動から生まれた異形の政権が、いつまで続き、その間にどのような軋みを世界にもたらすのか。トランプを支持した層が、その危うさに気づくのが先か、あるいはその前に取り返しのつかない損失と厄災を与えるのが先か。これからは時間との闘争が始まるだろう。

今日もボブは、痛む足を引きずりながら、庭に掲げた星条旗を見上げているだろうか。オハイオの思い出は、いつもその静かな想像の情景に終わる。

蜃気楼余聞

長い間、日記をつけてきた。その書き方に変化が表れたのは一〇数年前のことだろうか。

通常日記には、日々の記録に加えて、その日見聞したことへの印象や感想、生起した出来事に触発されて浮かんだ感懐が綯い交ぜになっている。一読者として作家の「日記」を読む愉しみは、客観的な事実とその事実を受けとめる心のズレに、いわば作者というレンズを透過して屈折する光跡が見えるからだ。作家は多くの場合、色彩と形を備えた完成作品の下準備として、手早く素描をするように日記をつける。こうした日々のエチュードは、手業が迅速で不完全なものであるほど、作者の感性の働きを直截にあらわにし、作品を読み解く手がかりを与えてくれる。

しかし作家はともかく普通の職業人にとって、こうした「素描集」としての日記ほど、始末に困るものはない。自分の日記を読み直す場合はほとんどが、その日に会った人々や起きた出来事、見聞した事実を確認するためだろう。そこに、後になっては自分でも理解できない世迷い言や冗長な感想が混じっていると、捜し物に行き当たる前に力尽きるか、時間を忘れて過去の日常に浸りこみ、貴重な時間を費やして臍をかむことになる。何度かそうした失敗を重ねた末、見いだした解決法は至って簡単だった。

「日記」を二つに分けた。一冊の「日録帳」にはノートの一行に、一日の出来事を起きた順に簡潔に書く。会った人、行った場所、食事した内容、見たもの、読んだ本を違う頁に項目別に記す。もう一冊の「感想帳」には、感じたことや考えたことを、これも簡潔に書く。自分にとって意味のあった出来事への反応は、その日の「感想帳」にあたり、心の変化の原因を探りたい時には「日録帳」で出来事をたどるという方式だ。そうして日記を実用的な篩(ふるい)にかけてみると、自分にとっては意外な発見があった。「日録帳」には、簿記のように無味乾燥な日常の生活パターンが表れた。昨日も今日も寸分違わぬ繰り返しである。「感想帳」には「詩のようなもの」や「箴言めいたもの」が次第に増えていった。

「意外な発見」というのは、意外でも何でもなかった。自分にとって色鮮やかだったり、たまに大きな起伏やドラマに満ちたりもする生活は、事実と創作とに因数分解してみれば、平凡な日常の繰り返しと空想奇想の合成に過ぎないということだ。裏を返していえば、私たちのかけがえのない日常とは、事実にも創作にも還元できない、蜃気楼のようなものとして存在しているらしい。

若いころの一時期、小説を書き、その後新聞社に入って記者の仕事を始めた。そこで戸惑ったのは、「事実」と「創作」のかかわりを、自分の中でどう片づけるかという問題だった。その後三〇年近く、私は「事実」と「創作」のあわいを漂ってきたように思う。ここに書きたいのは、その漂い方である。

ジャーナリズムにとって、事実に立脚するのは職業の基本であり、実証精神こそが職業倫理といえるだろう。しかし何が事実かと問えば、その定義は意外に難しい。社会には実験によって検証可能な科学的事実などはない。多くの場合、出来事は一度きりしか起こらず、実験は不可能か、可能であっても変数が多すぎて制御できない場合がほとんどだ。では何が事実を定義するのだろう。警察や行政当局が「公表」すれば、その権威が事実を裏書きするのだろうか。残念ながら、公権力が紙幣に通貨の力を付与するような意味で、事実を定義するわけではない。行政の発表には時として、まやかしや間違いがあり、情報操作の恐れも多分にある。むしろ権威が流通を強いようとする情報の虚実を、「事実」によってチェックすることが求められるだろう。

戦後五〇年の年に、日本占領期を生きた人物に取材したことがある。当時の政治家や俳優らと一緒に撮った写真を多数見せられ、その人物が歴史の舞台に生きたことは一目瞭然だった。しかし困ったことに、その人には虚言癖があった。それもすべて嘘というのではなく、細部に変形や歪みがあり、嘘と事実が、大理石模様のように精妙に溶け合って判別し難い。その時私がとったのは、「三点確保」の手法だった。これは両手足四点のうち、常に三点を保持して一点だけを動かすという登攀(とうはん)用語である。本人の記憶を裏書きする記録、写真、第三者証言の三点が合致した時に、初めて「事実」と認定する。それ以外は、本人の証言がいかに迫真に富んでいても採録しないことにした。

人の記憶は不確かなものだ。本人が誤りと知りつつ虚言を弄している場合は、見抜くことは意外に容易い。同じ質問を繰り返し、事実関係にぶれがあれば、その矛盾を衝く。複数の目撃者に同じ出来事を再現してもらい、その矛盾を手がかりに「藪の中」の真相の糸口を探ることもできる。問題なのは本人が誤りを事実と誤信したり、長い歳月のうちに事実を歪曲したり美化したりする場合だ。スパイが防諜機関の尋問に備える最良の方法は、あらかじめ完璧な偽装の物語を考案し、それを真実だと信じ込むことだという。完璧な「創作」は、完璧な「事実」になりかねない例といってよいだろう。

「三点確保」とは別に「三角測量」という手法もある。「三点確保」は、ある人物の言動を他の証拠で裏付ける手法である。その意味では、創作の空に飛翔する飛行船を地上に係留する綱といってもいい。「三角測量」はこれとは反対に、ある人物の言動を一定の制約のもとで仮構する方法だ。前者が「減算法」なら、後者は「加算法」ともいえる。

私が「三角測量」という言葉を聞いたのは、ボブ・ウッドワード記者と共にウォーターゲート事件を追及し、ニクソン元大統領を辞任に追い込んだカール・バーンスタイン記者からだった。共著では、ニクソンが辞任を決意する場面など、当事者でなければ知り得ない場面が臨場感溢れる文章で綴られている。そのどこまでが創作かと尋ねた時に、返ってきた答えが「三角測量」という言葉だ。彼によると、これは複数人物の証言をもとに第三者の言動を再現する手法で、本人の証言以外は、単独の情報源による描写は一つも含まれていないという。ウッドワードはその後もワシントンポストの記者として次々に政権内幕物を発表したが、最近の著作の多くは取材メモや記録一切を図書館に寄贈し、後世の検証に晒すことを宣言している。

九七年の香港返還時に取材した長期企画で、私もこの手法を踏襲してみた。例えば日本陸軍参謀が、香港攻略前に現地情勢を視察した日の描写である。本人から聞いたのは、「当日は快晴。香港島の浜辺を昼間男女三人で歩き、海水浴客を装って攻略ポイントを探った」という情報だ。香港に出かけてその日の気象を調べ、浜辺に立ってみた。連載冒頭の文章は、次のように書き起こした。「白い砂浜に、短い三つの影が落ちた。二人は男、一人は女だ」。自分が目撃しておらず、当事者も語っていない情景を描写する点では、一種の「加算法」といえるだろう。

以上二つの方法は、事実「A」を、描写「A」として確定する作業である。次の段階は出来事の継起に即して、事実「A」と事実「B」を結ぶ作業になる。単純化していうと、これは因果関係に沿って事実を並べることを意味する。創作であれば、「A」と「B」の空白を内面描写で補ったり、もし不自然な展開ならば、中間項の出来事を挿入して破綻を免れることもできる。だが事実に即した描写ではこれが難しい。しばしば「A」の次に来る「B」の事実が確認できず、まったく脈絡のない「D」が出来したりする。

現実は因果関係では割り切れないことを、ある学者はこう形容した。ハシゴを登って壁のペンキ塗りをしている職人がいる。そこへ坂道を自転車で下る人がいる。自然に速度が増して運転を誤り、車輪がハシゴに掛かる。ペンキ職人はハシゴから振り落とされて頭からペンキを被る。この場合、ペンキ職人がハシゴから落とされてペンキを被ることには因果関係がある。自転車の人が坂道で速度を制御できなくなり、ハシゴを引っ掛けることにも因果関係はある。しかし、二つの「因果関係系」が衝突し、事故が起きることは、因果関係では説明できないというのである。

事実を読者に分かりやすく伝えようとすれば、物語のように流麗に、しかも臨場感豊かに表現するにしくものはない。しかしストーリーという時間性、情景を再現する空間性は、ほとんどの場合、創作の世界においてしか完結しない。逆にいえば、あまりに破綻のない華麗な記事や、登場人物が滑らかに動く記事は、そこに創作の手業が加わっていないかどうか、疑ってかかるべきなのだろう。

一九世紀、芸術家は文学や絵画を神話や歴史から解放した。二〇世紀には、一群の人々が創作を「事実」から解放し、音は純粋な音として、言葉は純粋な詩として結晶化しようとした。それは事実に依拠しない「完全な虚構」としての音や言葉の姿かたちを探求する試みであったともいえる。

私の漂い方は、それとはまったく裏返しの作業、つまり想像力を含まない「完全な事実」を探るための、どうにも拙い試みだったと要約できるのかもしれない。そうした過程で試みたのが、例えば「日記」から「日録帳」と「感想帳」への分化だった。

実を含まない完璧な虚構は不可能であり、あったとしてもそれは無意味だ。一片の想像も交えずに実を叙述することも不可能であり、あるとすればそれは虚偽だ。創作は虚実皮膜であり、事実も虚実皮膜のうちにしか存在しない。その蜃気楼を垣間見たというのが、私の「漂流記」の取りあえずの結論である。

帝国の落日——イギリスの昏れ方

1

その邸宅は、広大な庭園を見下ろすように、芝を敷き詰めた緩やかな丘の上に建っている。敷地の広さは1000エーカーで、東京ドーム百個分にあたる。

高く垂直に聳え立つ褐色の主塔を囲むように四隅に小塔を配した森厳な姿は、屋敷というより、城と呼ぶのがふさわしい。実際、19世紀末に改築されたこのカーナヴォン伯爵家の在所は、英貴族の邸宅を意味する「カントリー・ハウス」や、荘園主の屋敷を指す「マナー・ハウス」の名ではなく、「ハイクレア城」の名前で呼ばれている。

ビクトリア朝に盛んになったゴッシック・リバイバル様式で造られたその城は、テムズ河畔に建つ英国議事堂と、それに併設された時計塔「ビッグ・ベン」を彷彿させる。それもそのはず、屋敷の大改築を指揮したのは、議事堂建設を任されたチャールズ・バリー卿その人だった。バリー卿は、英国の建築を代表する議事堂を建設する傍ら、イングランド南部のハンプシャーのこの地に、双子のような居城を建てたのだった。

歴史文書によれば、この地は8世紀半ば、アングロ・サクソン王によってウィンチェスター司教に与えられた。以後800年は司教の居宅となり、14世紀には司教と大法官を兼ね、事実上の宰相となる「ウィカムのウィリアム」の住まいと荘園になった。それが16世紀になると、聖職者の手を離れて貴族の間を転々とし、17世紀末、カーナヴォン伯爵の祖先の手に渡って今に至る。

2019年の夏、2週間にわたる英国への旅でハイクレア城を訪れたのは、この邸宅を舞台にした連続テレビドラマ「ダウントン・アビー」を見たからだ。2010年から英国で放映されたこのドラマは6シリーズ全52話で完結し、私が訪れたその秋には同じ役者による映画も公開されることになっていた。

全作品を見終えてそのロケ地を訪ねようと思ったのは、ハイクレア城がこのシリーズの舞台であるだけでなく、館の「存在」と「構造」そのものが、劇のテーマであると感じたからだった。

「ダウントン・アビー」は、ヨークシャーにあるグランサム伯爵家の当主ロバート・クローリーの邸宅と敷地を指す。ヨークシャーはイングランド北東部にあり、ハイクレア城が実在する南部とは設定を変えている。

ドラマの冒頭は、1912年4月、豪華客船タイタニック号沈没の悲報がクローリー家に届く不吉な場面から始まる。従弟のジェームズとその息子パトリックが、その船に乗っていた。単なる縁者の訃報という以上に沈鬱な空気をもたらしたのには、特別の事情があった。

ロバートは、アメリカ人のコーラを妻に迎え、その間にメアリー、イーディス、シビルという3人の美しい娘がいた。ロバートは長女メアリーをパトリックと結婚させ、爵位を譲るつもりでいた。いずれ孫が生まれれば、一家の地位は安泰だ。その夢が潰えただけではない。爵位と屋敷が、一家の手を離れる可能性が出てきたのである。

その切迫した状況を理解するには、「限嗣相続制」という仕組みを知る必要がある。当時の英貴族においては、女性に財産の相続権がなく、「最も近い血縁の男子」にのみ相続権があった。これは財産や領地の分割を防ぐための「長子相続」の一種で、長男の男系血縁が優先された。長男がいなければ、近縁の男子、いなければさらに遠縁にまで遡って、ただ一人の男子に相続させる、という原則である。

ロバートとコーラには、娘3人がいるが、息子はいない。長女メアリーと従弟の息子パトリックが結婚すれば、爵位と財産は守られ、一家は邸宅に住み続けることができる。しかし、遠縁の男性が相続してメアリーと結婚しなければ、ロバートの爵位と地所はもちろん、コーラの持参金も持ち去られることになる。

今から考えればきわめて理不尽な制度だが、「爵位」と「家」を守ることを最優先としていた社会では、それが「掟」とされていた。

従弟とその息子亡きあと、次の相続順位にあたるのは、中流階級で弁護士をしている遠縁のマシュー・クローリーという男だった。一家とは面識もなく、身分も違い過ぎる。マシューとその母親のイザベルが招かれ、一家の敷地に居を構えるが、マシューは貴族のしきたりに反発し、看護の仕事に打ち込んできたイザベルも、貴族の格式をひけらかすロバートの母親、名優マギー・スミス演じるバイオレットと火花を散らす。つまりこのドラマを牽引しているのは、人間というよりは、「ダウントン・アビー」という館の運命なのである。

考えてみれば、19世紀のジェーン・オースティンの「高慢と偏見」も、5人姉妹の次女エリザベスが、一家の財産が遠縁に渡ることを前提に裕福な男性を探し、最初は反発した気位の高いダーシーの誠意を知って結ばれるまでの話だった。アメリカの少年が突然、伯爵家の跡取りになって大西洋を渡る「小公子」や、父親の死と事業失敗によって全財産を失うセーラを描く「小公女」で、作者のバーネットが前提にしたのも、「限嗣相続制」だった。いや、貴族だけではない。女子に相続権のない「限嗣相続制」は、「嵐が丘」でキャサリンとヒースクリフの仲を裂き、ヒースクリフに復讐を誓わせることになったし、20世紀に活躍したアガサ・クリスティのいくつかの推理小説も、この「限嗣相続制」をプロットの前提にしている。その意味で、「限嗣相続制」は、英国の近代小説の「揺り籠」とすら言えるのかもしれない。それは、戦前まで、近代小説の主テーマの一つであった日本の「家制度」に比べられる相同物だったともいえる。

先に、館の「存在」と「構造」そのものが、「ダウントン・アビー」のテーマであると書いた。これまでは、そのうち「存在」の根底を支える核心が「限嗣相続制」であることを見てきた。では「構造」のほうはどうだろう。

2

「ダウントン・アビー」の館には、クローリー一家が暮らすだけではない。執事のカーソン、家政婦長ヒューズ夫人をトップとする数十人の使用人が、食事や清掃、洗濯、パーティの設営や進行の一切、庭園の管理までを取り仕切っており、この物語では、彼らもまた、陰の主人公なのだ。というよりも、伯爵家の織り成す人間ドラマに、彼ら使用人一人ひとりの告げ口や助言、互いの反目や打算が絡み、物語に複雑精妙な彩りを与えているのである。

たとえば、物語の冒頭に登場するジョン・ベイツである。彼はボーア戦争に従軍したロバートの従卒で、足を痛め、杖をついて登場する謎の多い男だ。彼はロバート付きの従者として雇われるが、のちに副執事となるバローや、脈を通じたコーラの侍女オブライエンは、いつも陰で謀議をめぐらし、新参者に対する主人の信頼を損ねようとする。メアリーの侍女アンナはそれを見て2人を警戒し、歯に衣着せず発言するベイツに好意を募らせる。お人好しの料理長パットモアは、厨房で弟子にあたる若いデイジーに厳しくあたるが、トリックスターのように舞台を掻き回しては叱られる、うっかり者のデイジーを庇い続けて微笑みを誘う。

ちなみに、貴族に公爵、侯爵、伯爵、子爵、男爵という5爵の序列があるように、使用人にも厳しい序列があった。事実上、家政の最高指揮者である執事、家令（家政婦長）の下に、主人の身の周りを世話する付き人の従者、女性家族の世話をする侍女がおり、彼らには寝室への出入りを許される。これらが上級使用人である。その下で働くのは、副執事や、雑事をこなす「フットマン」と呼ばれる召使、洗濯などを担当するメイドら「下級使用人」だった。これら召使、メイドにも序列があり、身分や給与にも差があった。「ダウントン・アビー」では建物の「構造」に、こうした序列が可視化されているのである。

館は三層構造になっている。一階は伯爵家が話し合い、食事を摂り、訪問客を迎え、華やかなパーティを開く晴れの舞台だ。使用人たちは常に地階の仕事場や厨房で作業し、待機している。そして二階には、伯爵家のそれぞれの寝室があり、従者や侍女のみが出入りを許される。ここは一家のプライベートな場であり、客はもちろん、家族同士でも、同意がなければ互いの寝室には入れない。

そして使用人たちは、いくつもの扉で伯爵家の区画と隔てられた二階の小さな部屋で眠りに就く。自分たちの寝室には、裏階段を通ってしか出入りできない仕組みだ。

つまり、こうなる。二階は伯爵家のプライベートな場であり、その裏には、同じくプライベートな使用人の区画がある。一階は、伯爵家と使用人が交わる公的な場だ。そして地階が、伯爵家がめったに姿を見せない使用人たちの公的空間だ。物語は、この三層の各次元で展開するドラマを、同時進行で、重層的に展開していくのである。侍女が漏らす何気ない噂話が女主人の耳に入って、家族間の誤解や波乱を呼ぶ。侍女同士の軋轢や諍いが、それぞれが仕える娘たちの不和となって姉妹に亀裂を生む。そうした相互の作用が物語を牽引し、絶えざる人間ドラマが思いがけない展開を見せる。視聴者は、いわば、舞台上の三つの階で同時進行する違った演劇を目撃しているのである。

話は飛ぶが、アメリカには、かつて「リングリング・サーカス」という興行に人気があった。動物愛護団体の批判で2017年に中止に追い込まれるまで、150年近く続いた「地上最大のショー」である。リングリング兄弟が、P T・バーナムという興行師率いるサーカスを吸収して作った見世物だ。ちなみに、そのバーナムを描いたミュージカル映画「グレーテスト・ショーマン」が世界で大ヒットしたのが同じ2017年だったのは、皮肉としか言いようがない。

かつて米国で私が見た「リングリング・サーカス」は、広大なスタジアムの床に三つのサークルが描かれ、その一つ一つで別の見世物が同時進行していた。片端のリングではライオンが炎のループを駆け抜け、中央では曲芸師による豪快なアクロバット、もう一つのリングでは象が後ろ脚で立ち上がって雄叫びをあげるという目まぐるしさだった。

テレビの「ダウントン・アビー」は、いわば「リングリング」の立体版、ひとつの館で同時進行する「階級」の相克のドラマであり、三層の建物それ自体が、「社会」を凝縮して見せる仕掛けになっているのである。

では、こうした「装置」を使って、ドラマが映し出した時代相は、どんなものであったのか。

3

「ダウントン」が描いた時代はタイタニック号が沈没した1912年から、1925年までの13年間である。その間、最も大きな出来事といえば、14年から18年まで、欧州のみならず世界を巻き込んだ「ザ・グレート・ウォー」、すなわち第1次世界大戦を筆頭に挙げねばならない。各国が7千万の軍人を動員し、1600万人の兵士と市民が犠牲になったこの戦争は、世界地図を塗り替えた。革命によってロシア帝国は崩壊し、欧州に長く君臨したハプスブルク、中東を支配していたオスマン帝国が消えた。

日本は連合国側で参戦し、中国・青島や南洋諸島を占領したものの、欧州戦線への派兵を拒み、国内が戦場にはならなかったこともあって、この大戦の惨禍は、民衆の集合記憶からは、すっぽり抜け落ちているようだ。だがむしろ、その歴史記憶の「欠落」から、その後の「対華21か条要求」で中国の「五四運動」を引き起こし、自らはそうと意識しないまま、抗日の泥沼に突き進むことになる。被害の痛みを知らない者は、加害を意識することも稀だ。その後の日本は、正確に言えば、泥沼に向かったのではなく、向から先々で泥沼をつくりだしていたのである。

さて、グランサム伯爵家も、第1次大戦の暴風に巻き込まれる。「限嗣相続制」で伯爵家を相続することになったマシューは従軍した前線で、長女メアリーではなく、別の女性との婚約を決意する。やがて、ダウントンに居場所を失った野心家の使用人バローも志願し、配属された塹壕で、指揮をとるマシューに出会う。だが泥濘に浸かって身動きのとれない塹壕戦に耐えられないバローは一計を案じて兵役を逃れ、残ったマシューは爆撃で脊髄を損傷し、下半身不随のまま帰還する。

その頃、ダウントンの館にも大きな変化が起きていた。看護の奉仕活動を長く続けてきたマシューの母親イザベルは、負傷兵の療養施設が手狭になったことから、ダウントンの館を開放するよう当主のロバートに要求した。ロバートの母親バイオレットは当然にも反対するが、友人の死を目前に、看護師として働くことを決意したロバートの3女シビルがイザベルを後押しし、ロバートは館を療養施設として開放することに同意する。

その頃、女性の社会進出に関心のあるシビルは、新入りの運転手トム・ブランソンの率直な言動に共感するようになっていた。アイルランド出身のトムは、社会主義者を自認し、英国を支配する王制や貴族階級への反発を隠さない。王国から植民地支配を経て、１８０１年にイングランドに統合されたアイルランドでは、１９１６年にイースター蜂起が起き、独立戦争に向けて着々と準備が進められていた。イングランドとアイルランド、貴族階級と労働者階級。２つの壁を乗り越えて自由な恋愛を成就させようと2人はついに駆け落ちを決意し、館を逃れるのだが……

未見の方のために、これ以上の筋は明かさない。だが、こうした粗筋によっても、「ダウントン」が、初の大戦を通して、貴族階級と労働者階級、男性優位社会と女性の社会進出、イングランドとアイルランドなどの多元対立が、どのような葛藤を抱え、波紋を広げていったのか、その社会の変容を、登場人物の身上の転変によって、克明に描き出そうとした歴史絵巻であることは、ご理解していただけると思う。それは、登場人物の群像一人ひとりが異なる色の糸を体現し、その多彩な糸を丁寧に編み込んで織り成した重厚なゴブラン織りの大河ドラマなのである。

その様々な図柄のなかでも、不穏なタイタニック号沈没の序奏に続いて現れる鮮明な提示部は、「貴族の没落」という主題だろう。

ダウントンは戦時中、負傷兵の療養施設になり、使用人は従軍し、あるいは看護や奉仕の活動に勤しんで、伯爵一家は質素な生活への切り詰めを余儀なくされる。戦争が終わっても、ロバートの投資は失敗し、ダウントンは深刻な財政難に直面する。打開するには、資産家の妻コーラの米国の実家の資力に頼るか、これまでの農園の経営方法を改めるしかない。そこで末娘のシビルとの結婚を認められた労働者階級出身のトムが、長女メアリーと共に「改革」に乗り出そうとするが、古いしきたりを重んじるロバートは容易には受け容れようとしない。

大戦が終わり、平時に戻っても、貴族はかつての栄華と繁栄を取り戻せず、緩やかな衰微の道をたどっている。家父長の権威は翳り、大戦時に様々な仕事で銃後を支えた女性たちは、発言力を高め、髪型もファッションも流行に合わせて「モダン・ガール」に変身していく。没落に直面したロバートは、どうやってダウントンの財産と自らの権威を保っていくのか。それが、のちに「戦間期」と呼ばれる時代を描く後半部の最大の見どころになる。

4

ハイクレア城は現在、イースター休みや夏季の2か月、冬の数日間しか公開されておらず、入場にはネット予約が必要だ。数か月前に予約したにもかかわらず、夏季の多くは満員になっており、予約可能な候補は数日しか残っていなかった。言うまでもなく、「ダウントン」人気のお蔭であり、真夏の昼下がりの城は、館を見学する人や、日傘をさしてのんびり庭園を散策する家族連れ、中庭でアフタヌーン・ティを楽しむグループで溢れていた。磨き抜かれた調度や家具、丹精をこめて刈り込まれた庭の木々や草木を見れば、こうした観光収益が、城の維持補修を支えていることが、一目でわかる。

ダウントンの原案・脚本を担当し、シリーズの製作総指揮をとったジュリアン・フェロウズは、カーナヴォン伯爵の8代目当主と、家族ぐるみのつきあいをしてきた。彼がハイクレア城に出入りするうちに、現存する建物からシリーズを着想したことは、よく知られた事実だ。演劇や映画で、特定の役者を想定して脚本を書くことを「当て書き」というが、フェロウズは、ハイクレア城の建物に「当て書き」をして、このシリーズを構想したに違いない。

重厚な木製の扉を開けて中に入ると、ゴシック風の柱が立ち並ぶ玄関ホールが現れる。床には伯爵家の紋章を象った多色の板がはめ込まれ、壁には歴代当主夫妻の肖像画や、2代目当主の大理石像が飾られている。

続く広い書斎には据え付けの棚に革で装幀された万巻の古典が並び、深紅のソファと、ジョージ4世のためにデザインされたという机が置かれている。

書斎に続く「音楽の間」は、イタリア人の装飾家の手による金の刺繍を施した壁が眩く輝き、大きな「謁見の間」には、歴代当主の家族の肖像が飾られている。男性ゲストだけが談笑する「喫煙の間」など、数々の小部屋は中央吹き抜けの「大広間」に通じており、そこがダンスやパーティ、コンサートの主会場になる。社交の時が過ぎると、家族や賓客は、赤い絨毯を敷き詰めた大階段を上って、各寝室に向かうことになっていた。「ダウントン」シリーズの主舞台は、50室に及ぶハイクレア城の各部屋であり、各部屋を見て回ると、ドラマの場面が鮮やかに思い浮かぶ。調度や絵画もそのまま使っており、撮影に使ったカメラの角度の限界や、クローズ・アップ多用の事情もよくわかる。

ただ、ドラマと一点だけ違うのは、地下のレイアウトだった。実際のハイクレア城は、広い地下全体を、使用人の作業場としてではなく、「エジプト　ツタンカーメン発見の物語」という展示に当てているのだった。これは一家の酔狂な趣味などではない。第5代カーナヴォン伯爵がいなければ、古代エジプトのファラオの墓は、3000年の眠りを経て光が当てられることもなかったに違いない。これは、第5代の冒険と発見を顕彰する一族誇りの展示なのである。

第5代カーナヴォン伯爵ジョージ・ハーバート（1866～1923）は、父親の死で23歳の時に爵位を受け継ぎ、貴族院議員を襲名した。ヨットで世界を巡航し、競走馬に夢中になり、登場したばかりの自動車にのめり込んで無謀な運転を繰り返した。何度かの大事故で負傷した彼は、医師に転地療養を勧められ、冬場は暖かなエジプトで過ごすようになった。もともと歴史好きの彼は、エジプト古代に魅了され、アマチュア考古学者として発掘の夢を追うことになる。

当時は「王家の谷」の墓もほとんど盗掘され、目ぼしい宝物も持ち去られたと信じられていた。しかし、カーナヴォン卿は人づてに若い考古学者ハワード・カーターを紹介され、大規模な調査団のスポンサーとなった。

その資力を支えたのは、卿が1895年に結婚した妻のアルミナ・ウォムウエルだった。諸説はあるが、彼女はアルフレッド・ド・ロスチャイルドの娘といわれ、ロスチャイルドは彼女の結婚に際して膨大な持参金を提供したという。アルミナは第1次大戦中、ハイクレア城を負傷兵の療養施設として開放し、一家の家庭医を責任者として30人の看護師による医療チームを支えた。「ダウントン」の第1次大戦時のエピソードは、このアルミナの実話をモデルにしたと思われる。

ところで、カーターと共に16年を費やしたエジプト発掘も資力の限界に近づき、カーナヴォン卿は計画の中止をカーターに通告する。カーターは最後の発掘を懇請し、許しを得て1922年11月初め、ついに封印されたツタンカーメン墳墓の入り口を発見する。急報を受けたカーナヴォン卿は、その月23日にルクソールの王家の谷を訪れ、2日後、2人はとうとう墳墓の秘宝を発見し、「世紀の発見」のニュースが世界中に伝わった。

だがその5か月後、カーナヴォン卿はカイロのホテルで急死し、その後発掘関係者が次々に亡くなったという噂から、「ファラオの呪い」に祟られた、という伝説が生まれる。

ハイクレア城の地下には、その発見に至るまでの経緯や、墳墓入口の原寸大の模型などが展示されているが、解説スタッフに尋ねたところ、黄金マスクや副葬品はすべて模造品ということだった。

「カーナヴォン卿とカーターは、発掘した品々を、すべてエジプトに残した。実物は今でもカイロのエジプト考古学博物館で展示されています」

その口調は、どこか誇らしげだった。

5

だが、「ダウントン」の物語と重なる第5代カーナヴォン卿の時代が終わって、英貴族は長い凋落の旅路をたどる。

英国では1870年代から90年代にかけて20年近く「農業大不況」が続いた。これは自然環境の変化による凶作というより、外国の安い農産物が流入したため、農作物や酪農品が下落した結果だった。これによって地代が滞り、あるいは下落して地主に打撃を与えた。さらに急激に産業資本、金融資本化する英国は、増大する社会保障費や教育費、軍事費をどう賄うかに苦慮した。台頭する産業資本家の圧力で政府が選んだのは、大地主に対する課税だった。政府は1894年、相続に対する累進課税を導入し、1907年から10年にかけ、課税を強化した。

つまり、第1次大戦が始まるころには、大地主は地代の減少と課税強化で打撃を受け、その財政基盤が揺らぎ始めていたのだった。

こうした苦境をしのぐため、19世紀後半には、米国から裕福な家庭出身の妻を迎え、その持参金によって家計を立て直す貴族も少なくなかった。妻の家では栄誉、夫の家では資力を求めるという双方の思惑の一致だが、そもそも第2次大戦前に、「政略」や「打算」抜きの「自由恋愛」による結婚など、上流階級では稀だったろう。「ダウントン」の当主ロバートが、米国からコーラを妻に迎えるという設定も、そのあたりの事情を織り込んでいる。

英国の貴族は長く、ふだんは領地の館に住んでパーティやキツネ狩り、スポーツを楽しみ、4月から7月にかけての社交シーズンではロンドンの邸宅に居を移して、国王謁見の儀式やアスコット競馬、エプソムのダービー競馬などで交遊を深めることを習わしにしてきた。

映画「マイフェア・レディ」で花売り娘イライザが音声学者ヒギンズの特訓を受け、上流階級の娘に扮して社交界デビューするのはアスコット競馬場だった。1913年に初演されたジョージ・バーナード・ショーの原作「ピグマリオン」は、そうしたビクトリア朝の約束ごとのもとで作られた戯曲だった。

ちなみに多くの近代スポーツは英国を発祥の地にしており、クーベルタン男爵も、英国に留学して様々なスポーツに親しんだ。イングランド中部のウェンロックという町で行なわれた競技会を見たのがきっかけの一つとなって、近代五輪を提唱したといわれている。04年のアテネ五輪当時、英国に駐在していた私は、その町を取材し、近代五輪がなぜ「アマチュアリズム」を重んじていたのかを理解した。

近代スポーツは、貴族という「アマチュア」が考案し、発展させた「余暇の嗜み」であり、商業主義は軽視すべきものだった。冷戦時代、五輪が巨大化するにつれ、東側陣営の諸国が国威発揚のために育てた「ステート・アマ」が西側「アマチュア・アスリート」を凌駕したため、モスクワ五輪を経た1984年のロサンジェルス五輪で、プロ選手参入の道が開かれ、今に至る。つまり、近代五輪は貴族精神による「アマチュアリズム」から出発し、プロ・アスリート容認によって「民主化」され、現代五輪に変容した、といえる。

閑話休題。貴族はまた当時、平時においてはスポーツなどで体を鍛え、戦時においては率先して従軍し、部隊を指揮することが望まれた。当然のことながら、第1次大戦にも多くの貴族の子弟が前線に赴き、「ダウントン」の相続人マシューのように負傷したり、戦死したりした例が目立つ。一家の相続人を失って、見ず知らずの他人に財産を譲り渡した貴族も少なくない。

優雅な生活を楽しむ生活のゆとりを失い、時には後継者すら失う。こうして英貴族の多くは財政難に苦しみ、やむなく使用人を解雇して生活水準を切り下げ、あるいは土地を切り売りして急場をしのぐ道を選ぶようになった。

ここまで読んでくださった方のなかには、こうした英貴族の衰退に、第2次大戦後の日本の華族の没落や、「農地改革」による大地主の衰退を重ねてイメージする方が、おられるかもしれない。太宰治の「斜陽」や、農地改革によって没落した太宰の生家・津島家のイメージだ。しかし、そう考えれば、彼我の差を見落とすことになるだろう。その後、数と影響力は減少したとはいえ、英国の王室・貴族制度は今も存続しているのだから。

6

以前、「終戦」記念日の取材で、詩人の長田弘さんのお宅にお邪魔し、戦争について話を伺いに行ったことがある。長田さんは、戦勝国と敗戦国の戦争観に明らかな違いがある、として、こう続けた。

「戦勝国では、戦争には、『いい戦争』と、『悪い戦争』があると考える。でも敗戦国においては、『いい戦争』も、『悪い戦争』もない。あらゆる戦争は、『悪』になるのです」

至言だと思った。長田さんは、社会制度を変えるのは「革命」か「敗戦」であるとして、そのどちらも経験しなかった英国を例に挙げた。

「敗戦国では、敗戦を招いたあらゆる要因が否定され、制度が改革される。『戦前』は否定されます。しかし戦勝国では、戦前の制度が維持される。戦前の体制を持続します」

もちろん、英国が「敗戦」や「革命」を経験しなかった、といえば、極論になるだろう。英国はロシアとの「グレート・ゲーム」を先制しようと、19世紀から20世紀にかけて3度アフガニスタンと干戈を交え、最後は撤退してその独立を認めた（ちなみにシャーロック・ホームズの相方ワトソンは、第2次アフガン戦争に軍医として従軍し、負傷したという設定になっている）。かつては「セポイの乱」と呼ばれた19世紀のインドの抵抗を武力で鎮圧したものの、第2次大戦後の独立運動に対しては、撤収の道を選ばざるを得なかった。だがそこが、植民地アルジェリアやインドシナ支配に固執して深手を負ったフランスや、インドシナの戦いを受け継いでヴェトナム戦争の泥沼に足を踏み入れ、結局は敗退したアメリカと違う、英国の「狡知」や「深謀遠慮」の真髄といえるのかもしれない。

では、「革命」はどうか。英国では17世紀半ばに王党派と議会派が激突し、時の国王チャールズ１世は１６４９年１月、斬首によって公開処刑された。「清教徒革命」と呼ばれる内戦である。だが英国の英国たるゆえんは、むしろ処刑からわずか11年後にチャールズ2世が王制復古で王位に返り咲いた点にあるだろう。さらに1688年から翌年にかけ、議会派は、チャールズ2世の後を継いだジェームズ2世をクーデタで追放し、その娘のメアリー2世と夫のウィレム3世を共同王位に就任させた。いわゆる「名誉革命」である。これにはカトリックと英国聖公会の宗教対立も絡むが、ここではこの「革命」によって「権利の章典」が発せられ、王位に対する議会の優位を確立した点に注目したい。

わずかの中断はあったが、英王室は生き延びた。しかしその内実は、大きく変わった。逆に言えば、2度の「革命」によって変革を遂げながらも、上辺の形式や制度には変更を加えない。これは「革命」というよりも、「漸進的な改革」、あるいは「名」よりも「実」を重んじる「保守的プラグマティズム」と呼ぶ方がふさわしいのかもしれない。

英国は、2度の「革命」を通して「立憲君主制」を確立したと言われる。「君臨すれども統治せず」という原則だ。頭ではわかったつもりでいたが、正直なところ、私は02年から06年にかけ英国に駐在するまで、なぜ彼らがこの制度を守り続けてきたのか、理解できずにいた。

7

私が会ったイギリス人は、押し並べて合理的であり、現実的だった。論理は重んじても理に走らず、観念的な空論は嫌う。「陽は東から昇る」ことを信じ、「では明日、陽が西から昇ったら?」という質問を、微笑みで黙殺する。ではその同じイギリス人が、なぜ非合理な旧弊を温存し、むしろ偏愛しているのか。それが不思議でならなかった。

代表例は毎年11月、「クィーンズ・スピーチ」と呼ばれる議会開会の式典だ。

この式典はまず、古風な装束に身を包む衛士たちが貴族院(上院)の地下を探査する儀式で幕を開ける。

1605年、貴族院の地下で爆薬を仕掛け、国王暗殺を謀ったガイ・フォークス事件を踏まえた儀典だ。

その後、王権の象徴である王冠が貴族院に運び込まれ、近衛騎兵に護られた女王がバッキンガム宮殿から議事堂に到着し、貴族院の奥に進む。

その後、黒い棒を持った「黒杖官」が、広間を挟んだ下院に進むが、その姿が現れると、下院の扉が閉ざされる。「黒杖官」が棒で3度叩くと、扉はようやく開けられ、下院が召集に応じる。議員たちは、ぐずついた風情でしぶしぶ貴族院に向かうのがしきたりという。首相や閣僚を含む下院議員は、貴族院の入り口にたむろし、立ったまま、女王が読み上げる施政方針演説を聞く。その演説は、もちろん内閣が書いたものだ。

これを日本に例えれば、戦前の議会の儀典をそっくり踏襲し、あるいはもっと遡って徳川幕府の繁文縟礼を墨守しているようなものではないか。儀式の一部始終を見守って心に浮かんだのは、滑稽というより、奇妙な祭典を見た異邦人が抱く好奇と驚きの感情だった。

その謎を解き明かしてくれた人がいた。

「黒杖官」ら、貴族院に特有の吏員の由来と任務を「王国の護り手たち」という本にまとめた欧州王室研究の第一人者、アルスター・ブルース氏だ。自身もスコットランドのブルース王家の末裔という同氏は、毎年繰り返されるこうした儀式は、議会の成り立ちと役割を、国民全員で確認する場なのだという。

「英国では王室がずっと続いているように見えますが、清教徒革命の前後を通じて、その役割はまったく変わった。英国は、ひとつの焦点をもつ円から、2つの焦点を持つ楕円の社会になったのです」

国王は、現世では権力を持たないが、その権威は永続する。為政者は現世で権力を握るが、その役割を終えれば退場する。為政者の権力の限界を示すのが、王室の役割、という考え方だ。

清教徒革命の発端は、チャールズ1世が、反国王派の議員を逮捕しようとして、それまでの不文律に反し、軍を下院に入れたことだった。そうした経緯を踏まえ、女王が貴族院で演説を読み上げ、首相や閣僚を含む下院議員は、上院には入らず、入り口でこれを聞く、という現在のしきたりが定着したのだという。

「2焦点の楕円」説は、ロンドンについても言える。ロンドンは、ローマ支配当時から、今の金融街「シティ」が中心の町だった。その後、王権が拠点を置くウェストミンスターという別の焦点が生まれ、2焦点の都市になった。王族は支配を確立するため、シティの商人に自治権を与えて懐柔した。その名残から、今も女王がシティに入る際には、西門の入り口でシティの長である「ロード・メイヤー」から剣を受け取り、それを返す儀式を行うのが慣例だ。これは王権の限界を確認するための儀典といえるだろう。

儀式は、社会の成り立ちや原点を総員で確認し、再結束を促すところに意味がある。だとすれば、異邦人の目にいかに奇妙に映ろうとも、それを守るのが彼ら流の「知恵」なのかもしれない。

8

立憲君主制のもとで、王権は現世の権力を持たない、と書いた。だがそれは世俗の「政治的な権力」のことであり、財政基盤はまた別の話だ。

2018年7月、「ハーパーズバザー」誌は、同年の王室年次決算書を紹介した。それによると、過去1年間に王室が使った公務や宮殿の維持管理・改修費用は約4570万ポンド(約60億円)だったという。

王室の収入源は、大きく分けて二つある。

一つは、「クラウン・エステート」から支払われる王室助成金だ。「クラウン・エステート」は「王室の公の不動産」ともいわれ、政府の財産でも、王室の私的財産でもなく、特殊法人によって管理されている。ロンドンの目抜き通りリージェント・ストリートなど広大な不動産もその一部だ。収入の大部分は国庫に入るが、うち15~25%は「助成金」として王室に払われる。この年の金額は約10億円だった。では、差額の赤字はどうしているのか。

実は王室には、公的な不動産とは別に、「ランカスター公領」と呼ばれる私的な不動産などの財産がある。

不足分は、この別会計から補填することになっているのである。

「クラウン・エステート」の収入から「助成金」を受けているとはいえ、もともとは王室に属する公的不動産からの収入の一部だ。差額を私的不動産の収入で埋めているのだから、税金を使っているわけではない。ここが国家予算で賄う日本など、他の王室・皇室との大きな違いだ。しかしこのことは、英国の王室が、より自立しているとか、自助努力をしていることを意味しない。

敗戦後の日本は、日本国憲法を定め、第8条で次のように定めた。「すべて皇室財産は、国に属する。すべて皇室の費用は、国会の議決を経なければならない」。この条文に沿って、広大な皇室の土地は国有化され、皇室予算は民主主義の統制下に置かれることになった。

ここで再び、長田弘氏の言葉を思い出していただきたい。

「戦勝国では、戦前の制度が維持される。戦前の体制を持続します」

そう、戦勝国だった英国では、王室の財産が戦後もそのまま維持されたのである。

これは、貴族も同様だ。ロンドンの一等地の多くは、代々続く貴族の数家族が所有してきた。彼らは「99年期限」などの条件でデベロッパーに土地を貸し出し、業者が自前で建物を再開発し、さらに高級店舗や住宅地として業者や個人に貸し出す。土地の賃料は安定しており、彼らの財政基盤は強固だ。

広大な邸宅の維持補修に多額の費用がかかり、経費を賄えずに凋落する貴族がいる一方、大都市の一等地に土地を持つ、ごく一部の貴族たちは、新たな収入源を見出したのである。

ではこれを、どうとらえたら、良いのだろうか。

「階級」には様々な定義があるが、私は「金」と「権力」と「地位」の3要素で考えてみたいと思う。戦後、日本が「総中流」といわれた昭和の時期に、この3者が最も拡散していた、という説を読んだことがある。金はあるが地位のない人、地位はあるが金も権力もない人。社会はそうした無数の組み合わせから成っており、3者を手中にする人はきわめて限られていた。成りあがったり、没落したりする社会的な流動性もあった。

つまりは「階級意識」の希薄な社会だったといえる。

これに対して英国は、王室や貴族を頂点とした上流階級と労働者階級の境界が明瞭なまま、戦後を迎えたといえる。上流階級はクリケットやポロ、乗馬に興じ、高級紙と呼ばれる保守的な新聞を読む。労働者階級はサッカーに熱狂し、ゴシップやスポーツ記事の多いタブロイド紙を好む。ファッションから始まり、住んでいる地域、ショッピングを楽しむ店、出入りする飲食店まで、ことごとくが違う。そうした時代が少なくとも20世紀まで続いた。それは、「権力」はともかく、世襲によって「地位」と「金」が保障されている人と、されていない人との違いだ。最近でこそ、人々の嗜好や行動様式は多様化し、外見では見分けることができなくなったが、英国は日本と比べれば、やはり階級の線引きが残る社会であり続けた。

その日本に目を転じれば、昭和最後のバブルを経て平成に入ってから、低成長と非正規化が続いた30年で格差が広がり、かつての「総中流」意識は崩れたといえる。

橋本健二氏は「新・日本の階級意識」(講談社現代新書)で新たな「アンダークラス」(下層階級)が出現しつつあると指摘し、社会に衝撃を与えた。不安定な雇用で結婚や子育て、老後の備えもままならない人々だ。「地位」と「金」は世代を超えて受け継がれる傾向が強まり、社会的な流動性も鈍化しつつある。

敗戦によって、一時は「階級」区分を消滅させたかに見える日本は、再び「階級社会」、つまりはかつての英国に近づきつつあるのだろうか。

9

さて、「ダウントン」とほぼ同じ時期の貴族と執事を描いた小説に、カズオ・イシグロの「日の名残り」(早川epi文庫)がある。1989年にブッカー賞を受けたこの作品は、1956年の「今」と、1920～30年代の回想を往還する形で描かれている。語り手は、ダーリントン卿のもとで長く働いた執事のスティーブンスである。彼は華やかだった屋敷「ダーリントン・ホール」の日々を切り盛りしたが、卿の死後、その邸宅も米国の富豪に売り渡されることになった。その際に多くの使用人が辞めたことから、スティーブンスは、人手不足を補うという口実のもと、復職の打診をしようと、かつて密かに思いを寄せていた元家政婦長のミス・ケントンを訪ねる旅に出た。その6日間の旅の合間に、老執事が戦前の日々を思い起こすという設定だ。

物語を読み進むうちに読者は、ダーリントン卿が戦間期に、第1次大戦後のヴェルサイユ条約で、莫大な賠償金を要求されたドイツに同情し、屋敷を舞台に各国の外交官や有力者を招き、秘密裏にドイツ支援の工作を進めていたことを知る。

スティーブンスが真の「執事人生」に目覚めたのは、その工作の発端となる1923年の会議だった。ダーリントン卿は、英国の協力者と共に、ドイツに強硬な姿勢を取り続けるフランスの有力者デュポン氏や、米国のルーイス上院議員らを招き、近く開催される国際会議に向けて、ドイツに有利な国際世論形成を図る。

会議の合間にスティーブンスは、ルーイスがデュポン氏の部屋で、ドイツへの賠償金を減らそうとする欧州の出席者を悪しざまに非難し、強硬姿勢を取り続けるよう説得しているのを立ち聞きしてしまう。ドイツの賠償金が凍結されてしまえば、第1次大戦に参戦した米国への支払いも途絶えてしまう。その意を受けて、フランスの翻意を阻もうという策略である。

会議を締めくくる晩餐会で、挨拶に立ったデュポン氏はルーイスの裏工作を暴露し、むしろダーリントン卿の側で尽力することを誓う。公然と非難された米上院議員のルーイスは、それを受けて立ってこう発言する。

「(この屋敷の主人は)古典的な英国紳士だ。上品で、正直で、善意に満ちている。だが、しょせんはアマチュアにすぎない。今日の国際問題は、もはやアマチュア紳士の手に負えるものではなくなっている」

続けて立ったダーリントン卿は、こういって大喝采を浴びる。

「あなたが『アマチュアリズム』と軽蔑的に呼ばれたものを、ここにいるわれわれ大半はいまだに『名誉』と呼んで、尊んでおります」

たしかにダーリントン卿は、敗戦によって過酷な支払いを求められたドイツに同情し、試合後には「ノーサイド」の友愛の立場で、その窮状を救おうとした。だがナチス台頭によって、事情は大きく変わる。

英国に大使として赴任したリッベントロップはダーリントン卿を利用してハリファックス卿ら有力貴族や政治家に接近し、ドイツに対する宥和政策を醸成しようとした。ダーリントン卿は、英ファシスト連合をつくる貴族とも一時親交し、ダーリントン・ホールに勤めるユダヤ人の使用人を解雇するまでに至る。

ヒトラーは1935年、ヴェルサイユ条約を一方的に破棄し、38年にはチェコスロバキアのズデーデン割譲を要求した。英保守党のチェンバレン首相は、共産党が支配するソ連への警戒と、防衛の準備不足から、ミュンヘン会談でこの要求を呑み、ナチスのさらなる増長を招く結果になった。これが英国外交史の一大汚点と呼ばれる「宥和政策」だ。

ダーリントン卿の親友の息子レジナルドは、ダーリントン卿の屋敷でリッベントロップと英国の首相が会談し、この「宥和政策」の下工作を進めていることを知り、酔って執事のスティーブンスにこう絡む。

「この数年間というものはだね、スティーブンス、卿はヘル・ヒットラーがイギリス国内に確保している最も有用な手先だったんだよ。プロパガンダの傀儡さ」

そして、1923年の最初の会議も目撃したレジナルドは、卿を「アマチュア」呼ばわりした米国の上院議員ルーイスの言葉を思い出してこういう。

「晩餐会の席で立って、みんなの前で演説をぶった。ダーリントン卿を指さして、アマチュアだって言ったんだ。わけもわからんのに、でしゃばりたがって困るアマチュアさ、って。いま思えば、あのアメリカ人の言うとおりなんだよ。人生の冷厳な事実というやつかな。今日の世界は、高貴な本能を大切にしてくれるようなきれいな場所じゃない。やつらが高貴なものをいかにして操り、ねじまげてしまうか。君も見てわかっているんだろう?」

第2次大戦が始まり、ダーリントン卿は「ヒトラーの手先」として新聞から指弾された。戦後になっても非難され続けた卿は新聞を相手に訴訟を起こすが、敗訴に終わる。親友の息子としてかわいがっていたレジナルドもベルギーで戦死し、世間から忘れ去られた卿は、失意のうちに死去した。

ミス・ケントンと再会したスティーブンスは、ケントンに復職の気持ちがないことを知って、ひとり海辺の町ウェイマスの桟橋で夕べを過ごす。もう時計の針は戻らないのだ。

そこで、かつて執事だったという男に話しかけられたスティーブンスは、問わず語りにダーリントン卿のことを語り、感極まって涙する。

「過てる道でございましたが、しかし、卿はそれをご自分の意思でお選びになったのです。卿にお仕えした何十年という間、私は自分が価値あることをしていると信じていただけなのです。自分の意思で過ちをおかしたとさえ言えません。そんな私のどこに品格などがございましょうか?」

それに対して男は、「それでも前を向きつづけなくちゃいかん」と励まし、こう言い残して去る。「人生、楽しまなくっちゃ。夕方が一日でいちばんいい時間なんだ。脚を伸ばして、のんびりするのさ。夕方がいちばんいい。わしはそう思う」

そう、この小説でカズオ・イシグロが描こうとしたものは、ひとりの老執事を通して見た「大英帝国の落日」だったのである。

10

19世紀から第1次大戦まで、大英帝国を中軸とする国際秩序は、古代ローマ帝国による平和「パックス・ロマーナ」にならって、「パックス・ブリタニカ」と呼ばれた。第2次大戦後は、米国が英国に代わって国際秩序を維持し、「パックス・アメリカーナ」の時代になった。旧ソ連や中国といった社会主義圏の「東側」を別として、「西側」はブレトン・ウッズ体制による為替の安定と、国連を中心とする国際協調主義によって、秩序を維持しようとした。

その秩序に変化をもたらしたのは、二つのニクソン・ショック、つまり1971年の「金・ドル交換停止」と、翌年のニクソン大統領による訪中だった。前者はヴェトナム戦争の泥沼化による米国の財政悪化を背景とし、後者は中ソの反目と対立を見越した米国の戦略転換だった。こうして、各地の「代理戦争」や、中東戦争などの軍事紛争は続いたものの、米国は圧倒する軍事力と経済力で秩序の維持に努めた。

では、米国に覇権を譲り渡した英国はどうなったのか。

戦禍の疲弊から立ち上がれなくなった英国は、次々に独立運動で植民地を失い、60~70年代には、「英国病」と呼ばれるほど経済や社会が停滞した。戦後間もなく政権を握った労働党は、「揺り籠から墓場まで」社会保障を重視する政策を打ち出し、「福祉国家」の道を選んだ。石炭や鉄道など基幹産業やインフラを次々に国有化し、労働意欲は低下し、国内製造業への設備投資も衰えた。輸入が輸出を上回り、73年の石油ショック後は、経済停滞と物価騰貴が重なる危機が慢性化して76年には財政破綻にまで追い込まれた。

こうした「英国病」に大ナタを振るったのが、「鉄の女」マーガレット・サッチャーだった。1979年に保守党から、英国初の女性首相に選ばれたサッチャーは、戦後に国有化された基幹産業やインフラの民営化を掲げ、規制緩和や高福祉の見直しを打ち出した。この新自由主義経済路線は、大西洋を越えたレーガノミックスとも呼応し、英国経済は息を吹き返した。民営化に伴って国営企業の多くの労働者が解雇され、失業率は上がったが、その後は長い経済成長を続けた。

1990年にサッチャーが首相の座を去ってからも、「サッチャリズム」は受け継がれた。後継の保守党ジョン・メージャー首相のみならず、97年から政権を握った労働党のトニー・ブレア首相も、引き続き新自由主義経済の路線を推し進めたからだ。ブレアは労組を基盤にした労働党の綱領を変え、「ニュー・レイバー」

と呼ばれる看板を掲げて中道路線に舵を切った。

私が英国に駐在したのは、ブレア政権2期目から3期目にかけてだったが、その「改革」路線は目覚ましかった。教育制度改革、北アイルランド紛争を収拾するベルファスト合意の締結、貴族院の世襲議員の削減、スコットランドの自治権拡充など、その成果は少なくない。だが彼は、米国のブッシュ大統領と共に03年のイラク戦争を遂行し、それが政治生命を絶つきっかけになった。イラクが大量破壊兵器を保持しているという口実は、のちに虚偽だったと判明したからだ。

07年に首相になったゴードン・ブラウンは、「ニュー・レイバー」を掲げるブレアの盟友で、長く蔵相として政権を支えてきた。彼は０８年のリーマン・ショックも乗り切ったが、２０１０年には保守党の若き党首デイヴィッド・キャメロンに首相を明け渡した。キャメロンは当然、新自由主義経済路線をとるが、内政では「リベラルな保守」を自認し、多くの点で「ニュー・レイバー」路線と重なる。つまり、かつて「階級政党」だった労働党と保守党は、いずれも中道化路線で接近し、政策に大きな差はなくなっていたのである。

英国ＧＤＰは欧州連合（ＥＵ）では、ドイツに次いで第2位、世界でも第5位にまで経済力が回復した。だがその足元では、政策でほとんど差のなくなった2大政党のいずれにも幻滅する有権者の不満が渦を巻いていた。

２０１６年の6月に行われた国民投票で、英国はＥＵ離脱の道を選択した。その決定前、「あの人々が、そんな自傷行為に走るわけがない」と周囲に公言していた私は、自分の浅はかな推測を愧じ、翌月に英国に出かけて事情を探った。すぐにわかったことは、自分が判断の基礎としてきたＢＢＣ報道や新聞記事を、有権者は見聞きしていない、ということだった。多くの有権者はもはや新聞を読まず、ＳＮＳを通してニュースを知るだけだ。しかも、かつてのようにメディアを信用していない。むしろ、メディアを既成勢力（エスタブリッシュメント）のひとつと捉え、敵視する萌芽すら感じた。労働党も保守党も「同じ穴のムジナ」のエスタブリッシュメントであり、メディアもそのお先棒を担いでいるにすぎない、という見方だ。なぜそうなのか。

話はエスタブリッシュメントが20世紀末から推進してきた活動、つまり「グローバル化」に行き着く。
「ＥＵ離脱は自傷行為。金融街シティから資本は流出する」とか「ＥＵを離脱すれば製造業は瀕死の重傷を負う」という残留派の主張や、その見方を支持するメディアの言説は、有権者の多くの琴線には触れなかったのである。なぜなら、彼らはシティ繁栄の恩恵を受けず、グローバル化によって消耗し、疲弊した高齢者や地方の在住者だったからだ。

実は国民投票を提唱した「リベラルな保守」を自認するキャメロン首相も、自らは残留派だった。しかし、欧州議会議員選挙などで票を伸ばすイギリス独立党や、保守党内のＥＵ懐疑派に脅威を感じ、党内引き締めのために、国民投票の賭けに打って出た、というのが真相に近い。キャメロン政権は財政立て直しのために補助金削減、公務員削減など緊縮策を取ってきたことから、地方では政権に対する不満も鬱積していた。

その「反乱」を煽ったのがイギリス独立党のナイジェル・ファラージ党首や、保守党内のキャメロンの政敵、ボリス・ジョンソン元ロンドン市長だった。彼らは宣伝バスを仕立て、「英国がいかに多くの金をＥＵに貢いでいるのか」という誤解や歪曲に満ちたキャンペーンを全国で繰り広げた。

だが、本来は離脱を済ませていたはずの２０１９年3月になっても、交渉は終わらなかった。キャメロン首相を引き継いだテリーザ・メイ首相は、ＥＵとの間で協定案をまとめたものの、その案を議会に3度否決され、万策尽きてその年5月に辞意を表明した。メイ政権で外相を務めたボリス・ジョンソンがその後継に決まったのは、私がロンドンに滞在中の7月23日のことだった。

その夜、ＢＢＣは新首相になるボリス・ジョンソンの大特集を組み、経歴や過去の発言などを紹介した。翌日も政治家やジャーナリストらによる座談会を放送した。気になったのは、座談会で発言者の一人が、「彼は英国最後の首相になるかもしれない」と漏らした言葉だった。

よく知られるように、英国の正式な国名は「グレートブリテン及び北アイルランド連合王国」という。「グレートブリテン」は、18世紀初頭、ウェールズを含むイングランドと、北にあるスコットランドが合同してできた王国を指す。つまり、今の英国は、もともと別の「カントリー」だったスコットランド、イングランド、ウェールズ、北アイルランドが同じ君主のもとに一つになった連合王国なのである。その経緯から、世界最古の英サッカー協会は、四つの地域の独立した協会から成っており、あとにできたワールド・カップでも四チームに参加が認められた。

その複雑な成り立ちを、一目でわからせてくれるのが、英国の国章だ。ハイドパークなど、英王室の所領の門扉には、この国章が飾られている。

この国章は、左手に冠をかぶったライオン、右手に鎖で繋がれたユニコーン（一角獣）が、王冠のついた楯を両側から支える構図になっている。ライオンはイングランド、ユニコーンはスコットランドを表し、奔放で知られる一角獣は鎖で縛っているという含意である。4分割された楯の左上と右下にはイングランドの王室章である赤地に金色のライオン3頭、右上にはスコットランドの紋章である金地に赤いライオン、さらに左下には青地に金の竪琴というアイルランドの紋章が描かれている。ウェールズは早くから公国としてイングランドに組み込まれたため、ここには表れていないが、要するにこの国章は、四つの「カントリー」から成り立った経緯を、デザインで表象しているのだ。

ジョンソンが「英国最後の首相になるかもしれない」という発言は、EU離脱問題の根幹に北アイルランド問題があり、さらにはスコットランドの分離独立運動を引き起こしかねない、という深い危機感から発せられた言葉だろう。

メイ首相がEUとまとめた離脱協定案で、焦点になったのは北アイルランドの国境管理の問題だった。アイルランドは独立戦争を経て1922年に英連邦内の自治領になり、49年には共和国として独立した。だが、カトリック色の強いアイルランド島の中で、プロテスタント系が多い北部州は、英国内に留まり、今に至る。北アイルランドでは、多数派プロテスタント系と、少数派のカトリック系住民が対立し、武力紛争やテロで約3千人の犠牲を出した。

英国がEUを離脱すれば、EU加盟国のアイルランドとの間に横たわる国境が復活し、通関や往来に面倒な手間がかかる。

メイ首相は、EUとの話し合いのなかで、この国境管理の問題が解決しない場合、英国がEUの関税ルールに留まるという「非常措置」を設けた。これが、保守党内の離脱強硬派の怒りを買い、議会での否決に繋がった。議論は「実利」や「打算」の次元を超え、英国という国家の「面子」をめぐる感情論に変質した。もともと「EU懐疑派」の根底には、国家を超えるEUに加入したことで、関税自主権を奪われ、移民の流入を許してしまった。というナショナリズムが流れている。これは加盟国のいずれにも、大なり小なり潜む感情だが、シリア内戦による欧州への大量移民の流入やテロの頻発で、もともと大陸とは距離を置く英国では、その感情が増幅された。

さらに北アイルランドと同じく、スコットランドでも、EU残留派が多数を占める。スコットランドでは2014年9月に、独立を問う住民投票が行われ、この時には55%が「反対」に票を投じた。一時は沈静化するかに見えたこの独立運動は、英国のEU離脱によって活発化しつつある。独立したうえで、EUに残留しようという動きだ。ジョンソンを「英国最後の首相になるかもしれない」という発言を、あながち「杞憂」と片付けることができない理由だ。

ジョンソンが首相に指名された翌日、大英博物館の近くにあるラッセル・スクエアでは、夕刻から大勢の若者が集まった。SNSを通して呼びかけた緊急の反ジョンソン集会には、主催者側発表で1万2千人が参加し、大音響の音楽を鳴らしながら、プラカードを持って周囲を練り歩いた。周囲にロンドン大学の施設があることから、学生や若者が多く、LGBT擁護、移民制限反対、フェミニズムのスローガンも目立つ。

ベンチに座ってその夕暮れの光景を眺めながら、だがこうした声高な主張は、ウェイマスといった地方の住人やお年寄りの耳には届かず、届いたとしても、聴きいれられることはないだろう、と感じた。今の英国を脅かしているのは、甲論乙駁で針路が定まらないことではなく、甲と乙が、共に議論に耳をかそうともしないその深い断絶、人々の孤立に根差しているように思った。

第2次大戦後、落日を迎えた大英帝国は、その淵から蘇り、衰えたとはいえ、大国の地位を維持した。それは、身の丈に合った堅実さと知恵で、どの国も一目置く存在だった。しかしグローバル化の荒波に揉まれ、その大国は、再び落日を迎えつつあるのではないか。ふと、そう思った。

離脱強硬派は、英国がEU加盟によって、いかに国家主権を譲り渡し、威信を失ったのかを口にする。EUを離脱しても、英連邦や米国、あるいは日本との経済通商の絆を強めれば、十分に穴埋めできるという。だが、彼らが語らないのは、EU加盟で英国がどれほどの恩恵を受けてきたのか、という事実だ。EU加入によって、英国を後ろ支えする米国への交渉力は高まり、問題はあっても、移民が少子高齢化の難題を緩和し、文化の多様性が深まった。かれら離脱派は、EUから離脱しさえすればすべてが解決するという幻想を振りまき、これらEU加盟で獲得してきたメリットも、同時に失われるという現実からは目を背けている。

ある帝国から別の帝国へと覇権が移るまでに、大きな波乱が起きることは歴史が証明している。昨今言われているのは、米国の衰退で戦後の「パックス・アメリカーナ」の秩序が崩れ、中国という新たな「帝国」に秩序が移行しつつあるのでは、という見方だ。日本はその狭間で翻弄され、中国との貿易戦争をエスカレートさせるトランプ大統領の言動に、一喜一憂している。

だが、もしかすると、米国に代わって現われつつあるのは、かつてのような国ではなく、もっと多国籍化し、国家の統制からも逃れる「グローバル化」という名の新たな「帝国」なのではないか。ふと、そう思った。

敗戦によって、「大日本帝国」は自壊し、日本は焼け跡から一歩を踏み出した。人口増加で高度成長期の波に乗り、「奇跡の復興」を賞賛され、「世界第2位の経済大国」の名に酔いしれた。だが、その地位を中国に奪われ、ふと気づけば、お家芸だった電機、半導体、モノづくりの場で後発組に次々と追い抜かれ、足元を照らす陽の光は弱まり、翳りつつある。

どうやってこの先の少子高齢化や過疎化の試練を潜り抜け、その果てに、衰えたとはいえ、存在感のある国と社会をつくりあげることができるのか。落日のもとにある英国が、この先どう振る舞い、安定と希望を見出すか、あるいは転落への道をたどるのか。その帰趨は、私たちにとっても切実な問題だろう。英国で起きつつあることは、対岸の火事ではない。

私の帰国後、ジョンソンは、ＥＵ離脱キャンペーンを張った仲間を閣僚に据え、その年10月末で離脱を強行する姿勢を示した。しかし、英議会の労働党は保守党の造反議員を味方につけ、3か月の離脱延期法案を可決し、ジョンソン首相が求める解散動議も否決した。本稿執筆の9月上旬時点で、先行きのまったく見えない状況となっている。

そうした報道を追いながら、私は「日の名残り」の最後の場面を、繰り返し思い起こした。

いかに残照が豪奢で、華やかに見えようとも、いずれ陽は落ち、漆黒の夜が訪れる。落日に、昔見た「夢」で対抗することはできない。新たな夢は、日暮れの後に訪れる夜のしじまのうちにしか、見ることができないからだ。黄昏においては、ただ愉しみ、来たるべき夜に備えるしかない。

光が消える夜には、辛いことも多いだろう。だが、それなりの愉しみも残されているかもしれない。そして、あの格言、「明けない夜はない」に、希望を託して支え合い、耐えるしかない。

借りた場所、借りた時間

——過ぎ去り行く香港

30年ほど前のことだ。

新聞社の外報部に移って、先輩と飲んでいたら、記者を志望したきっかけが話題になった。意外に思ったのは、先輩たちの多くが、映画「ローマの休日」や「慕情」を見て、記者を志望したということだった。

外報部というのは、いったん帰国した記者が、特派員として別の国に赴任する前に過ごす内勤の職場だ。海外特派員からの原稿を受け、当時は「チッカー」と呼ばれた外国通信社の速報と照らし合わせて事実をチェックする。私のように初めて特派員に出る記者は、赴任前の数か月は、その内勤班に入って、記事のやりとりを学ぶ習わしだった。

特派員志望が多い職場だから、「ローマの休日」や「慕情」がきっかけ、というのも不思議ではない。どちらも米国からの特派員が主人公で、前者は外遊先のローマの宿舎を抜け出した若き王女と、後者は香港で働く女性医師と恋に陥るという設定だ。

どちらの特派員も金回りがよく、ほとんどろくに仕事をしている風もない。似たようなモデルを探せば、明治から昭和の初めにかけて、日本の大都市に現れた高等遊民が思い浮かぶ程度だろうか。

そんな牧歌的な世界に憧れて記者になる人もいるのか。それが、先輩たちの話を聞いての実感だった。だがその後、ニューヨークに赴任して、先輩たちの言葉の意味がわかった。当時はまだ、西側先進諸国に派遣された特派員の多くは、「牧歌的」な世界に浸っていられたのだった。

外国で大きな事件・事故が起きれば、現地に行くよりもまず、速報を送らねばならない。まだ携帯電話も、写真を伝送する手段もない時代だ。刻々と変わる情勢を伝えるには、支局で現地のテレビ報道や通信社電を読み、それを記事にする方が効率がいい。というより、現地に飛んでいては、締め切りに間に合わない。こうして、大きな事件であればあるほど、記者は支局に張り付き、動けなくなる。

後になって私は、特派員には「書斎派」と「鉄砲玉派」がいると知った。「書斎派」は「ヨコタテ派」ともいわれた。つまりは横文字の情報を縦文字の日本語に正確に訳す学者肌で語学に堪能、しかも現地の事情に精通している。後者は、語学が不得手だが行動力があり、ともかく現場を踏まなければ気が済まない人を指すらしい。

「書斎派」は、次々に本記を書き換え、一面を飾るが、「鉄砲玉」は出かけたきり音信不通となり、ようやく事件が下火になったころ、思い出したように現地ルポが社会面や国際面に載る。当然、「書斎派」の方が、社内では仕事の評価が高い。社会部で現場を踏む大切さを教え込まれ、留学経験もない私は、言うまでもなく「鉄砲玉派」だった。

ちなみに私は外報部の内勤時代、班長からこんな話を聞いたことがある。

「きみは新聞記事で、○○筋という表記を見たことがあるだろう。あの意味を知っているか？『西側外交筋』というのは、日本大使館のことだ。『消息筋』というのは、現地に滞在する外国人特派員のことだ。そして『観測筋』というのは、自分のことだ」

開いた口がふさがらず、眼が点になったが、かつては日本大使館や同業の外国人という狭い世界にいても、「書斎派」の仕事はできたということだろう。

だが、私がニューヨークに赴任した当時は「書斎派」が君臨する最後の時代だった。ＣＮＮが二十四時間ニュース専門局として台頭し、地球のどこからでも、衛星放送で現地から中継する時代が始まっていた。それまで国際報道といえば、ＮＨＫすら、現地特派員の写真を静止画像に映し、アナウンサーと電話で話す音声を流していた時代が、長く続いていた。それが、世界のどの国であろうと、現場から生中継で伝えられるようになった。衛星放送は、まさに革命的に国際報道の現場を変えた。繰り返しになるが、ほんの30年ほど前のことだ。

新聞社もやがて、携帯電話を導入し、現場に近い出先の宿で通信社電をチェックし、衛星電話で地球のどこからでも原稿を、やがてはデジタル写真も送れるようになった。つまり、海外の支局に張り付く必要もなければ、現地に行かない理由もない。

こうして、わずか十年ほどで「書斎派」はいなくなり、特派員は「鉄砲玉派」ばかりになった。そのころ私は帰国して、文字通りの「鉄砲玉」で終わってしまったのが残念だ。

「香港物語」

前置きが長くなってしまった。私がこれから書こうとしているのは、香港のことだ。

ニューヨークの赴任を終えて雑誌編集部に戻った私は、その後社会部に移り、一九九六年に「香港物語」という企画を立てた。

翌年七月には、香港が中国に返還される。

「これは、武力や戦争によらない領土の変更という点で、今世紀に予定される最大のイベントになります」デスクにそう売り込んだが、実のところは、返還前の香港を見てみたい、というのが本音だった。その頃私は「奔流中国」という年間企画の取材で急成長する大陸中国、台湾を訪れることが多く、返還によって「香港が中国化」するのか、「中国が香港化」するのかを見定めたい、と強く願っていた。

幸い企画は認められ、それからの半年は、他の仕事をこなしながら準備の期間にあてた。国内の香港研究者にあたり、あの大戦前に大本営から派遣され、「香港攻略」の下見をして作戦を立案した瀬島龍三氏に会って話を聞いた。また、一九六五年に、警察庁から外務省に出向し、香港総領事になった佐々淳行氏に会って、当時の香港のスパイ戦や、香港で学んだ暴動鎮圧の手法を、その後「浅間山荘事件」などで「活用」したいきさつなどについて取材した。

別の出張で米東海岸に出向いた時は、ロサンゼルス近郊に亡命していた許家屯氏にも話を聞いた。許氏は返還交渉の当時、大陸中国の出先機関だった新華社香港の支社長を務め、「香港回収工作」の現地トップだった人物だ。一九八九年の天安門事件で失脚した趙紫陽に近く、事件後は粛清を恐れて渡米し、そのまま亡命した。

さらに英国では、一九八二年にサッチャー英首相、中国の最高実力者・鄧小平による共同声明で合意した香港返還を、実務面で支えた元外務省高官にも話を聞いた。

こうした準備を経て、九七年五月に香港に入り、七月一日の香港返還を挟んで週に六回、六週間にわたって、朝日新聞夕刊に「香港物語」を掲載した。

「百万ドルの夜景」

それまで何度か、出張への途次に立ち寄ったことはあったが、三か月ほどの長逗留は初めてだった。私は九龍半島の尖端にある尖沙咀（チムサーチョイ）のホテルに併設されたアパートに入居し、朝から晩まで、憑かれたように香港を歩き回った。ちょうど五月は炎暑の始まる季節で、燃え立つような路地裏を通って宿に帰ると、毎日汗みどろになった服を洗濯しなくてはならないほどだった。

今振り返れば、たぶん、一目で「魔都」に魅せられたのだと思う。

「魔都」と言えばすぐ思い浮かぶのは、一九三〇年代の国際都市・上海だが、もちろん私は小説や映画の中でしか、その世界を知らない。モダンだが猥雑、クールだが淫靡、ハイカラの裏にびっしり陋習が染みつき、腐敗の一歩手前の発酵が甘美な匂いを放つ街。

たぶんそうしたイメージを追い求めて、香港中を歩き回っていたのだろう。

初めに感じたのは、「マンハッタンによく似ている」という印象だった。私が三年余り過ごしたニューヨークのマンハッタンは、北部のハーレムが黒人の街、その南のセントラルパークを挟むアッパータウンは世界の富裕層が住む邸宅街と、きれいに色分けがされていた。ミッドタウン以南は超高層ビルが林立して、一見、面白みのない無機的な都会に見えるが、そのさらに足元は、南北を斜めに走るブロードウェイを除き、碁盤の目のような街区に街が仕切られ、そのブロックごとに、驚くほど異質な世界が広がっていた。ある町には衣料品の卸しがひしめき、別の町は中華街、その隣はイタリア人街、さらに近くにはウクライナからの移民らの街もあった。道の曲がり角ごとに、その向こうには、未知の町があった。マンハッタンは東西に狭いので、数キロも歩けば横断できるが、ダウンタウンの東端は酔漢の街、西端は麻薬取引の街と言われ、私は避けるようにしていた。

たぶん、これほど異質な民族や人種が集まり、聖と俗、強欲と極貧が隣り合わせで共存し、脳内に百四十億個あるといわれる神経細胞ニューロンのように忙しなく電気信号を伝え合い、あらゆる街区で発火している街は、ほかにはないだろうと思った。まさに「脳内都市」である。

だが私は香港を見て、同じような街が東洋にもあったことを知って驚いた。

香港の光景といえば思い浮かぶのは、ビクトリア・ピークという山頂から眺める「百万ドルの夜景」だろう。このピークの高さは、ほぼ札幌の藻岩山に近く、そこから香港島に林立する摩天楼を眼前に見下ろす格好になる。その先に広がるのが、対岸の九龍半島との間に広がるビクトリア湾で、晴れた日の夕刻には、横づけされた豪華客船や波間にたゆたう艀やフェリーの灯が見え隠れする情景だ。

香港の富裕層が住むのは、このピークの邸宅か、あるいは香港島南部の淺水湾(レパルスベイ)や香港仔(アバディーン)、赤柱(スタンレー)などの海岸に立つ高級住宅やマンションだ。金融街のある中環(セントラル)とは島の反対側にあるが、トンネルを使えば車で三十分という至近にある閑静な土地だ。

香港の中流の上の階層や外国人が好んで住むのは、香港島の北部、ピークからセントラルに至るミッドレベル(半山)と呼ばれる斜面に立つ高層マンション群だ。ちなみに私はその近辺の不動産屋を覗いていた時に、「百万ドルの夜景」の意味を初めて知った。摩天楼を望む丘の中腹の物件は、夜景の見えない麓のマンションと比べ、ちょうど百万香港ドルほど、高いのである。外国人にはエキゾチックに聞こえるその形容は、リアリストの多い香港人らしく、ゲンキンな命名なのだった。

さて、ミッドレベルの住民は、勤務先から帰る時には、屋外エスカレーターを使って自宅に向かう。20のエスカレーターと3つの動く歩道から成るこの半山自動扶梯は、「世界最長」としてギネスブックにも登録された。

香港の魅力を知りたい人には、このエスカレーターで中腹の終点まで上ることをお勧めする。もちろん下りエスカレーターはないので、帰りはその脇の急坂に設えた石段を下ることになる。そのあちこちで交わる東西の道を、左右いずれかに逸れてみる。

たとえば目抜き通りの荷李活道（ハリウッド道）を右に進めばエスニックレストランが立ち並び、骨董街が広がり、その先には、欧米人の客が室内から屋外にまで溢れ返る飲食店街・蘭桂坊（ランカイフォン）がある。

逆に左に行けば、骨董街が切れた辺りから小路が迷路のように入り組み、市場や小屋、屋台、総菜屋や雑貨商などが所せましと立て込む上環（ションワン）に紛れ込むことになる。多くは半袖シャツに短パン姿の男たちが、狭い小路で、黒光りする肩に大きな荷を載せてすれ違い、激しい言葉で喧嘩を売っているのに出くわすだろう。だがこれは、広東語に特有の切れのいい発語のために喧嘩口上に聞こえるだけで、実は親しみをこめた挨拶なのだ。

この小路を歩いていると、自分が過去を遡って昭和の古い市場の中を歩き、魚屋や八百屋の威勢のいい呼び声や喧噪に包まれるような懐かしさを覚える。あの時代のように、今も上環で野菜を買えば、店の叔母さんは、素手でニンジンや空芯菜を掴んで秤にかけ、紙幣を渡せば、電光石火の速さで小銭を返し、オマケの小葱や香菜を添えて袋に詰めて返してくれる。そうか、買い物とは銭と物の交換ではなく、人と人のサービスのやり取りだったのかと、と改めて気づく。

「慕情」の世界

ここまで香港の地勢について詳しく書いてきたのは、映画「慕情」の舞台をあらかじめ説明しておきたいと思ったからだ。

まだ見たことのない方のために、粗筋をご紹介しておこう。

一九四九年、英国人と中国人との間に生まれた研修医のハン・スーインは、香港の病院で、国共内戦の戦乱を逃れ、大陸から一日三千人が押し寄せる難民の治療に追われていた。スーインはある夜、病院の理事長のパーティでアメリカ人の通信社の記者マーク・エリオットと知り合う。スーインが席に置き忘れた扇子と手袋を、エリオットが届けたのがきっかけだった。

二人は惹かれ合うが、エリオットは本拠地のシンガポールに妻を残し、二週間の取材のために香港に逗留しているらしい、とわかる。スーインの方も、国民党軍の将校だった夫を大陸の内戦で失って間もない時だ。

エリオットは強引にスーインをデートに誘い、二人は「月祭り」の夜に船上レストランで夕食を取る。気持ちを抑えつけようとしながらも、二人はレパルスベイから島に泳ぎに出かけた夜に恋に陥り、その後も逢瀬を重ねる。

エリオットはシンガポールに戻って妻に離婚を申し入れるが、妻は応じようとしない。

だが、スーインは、それでもいいと言う。スーインは、妹を訪ねるために重慶に向かうが、エリオットが重慶まで彼女の後を追いかけ、スーインの叔父一家に結婚の内諾を得る。

ある日エリオットはマカオに一週間の予定で取材に出かけ、世間体を気にする理事長の妻の制止を振り切ってスーインはその後を追う。

だが、間もなくマカオのホテルにエリオット宛ての電報が入る。朝鮮半島で戦争が勃発し、すぐに行けとの指示だった。エリオットは従軍取材を命じられて出発することになり、二人はいつも会っていた丘の上で最後の別れを交わす。理事長夫人の不興を買ったスーインは研修医を続けられなくなり、養女に引き取った難民の娘と共に友人宅に身を寄せる。

その後も戦地と香港を結ぶ手紙を何度もやり取りして絆を深めた二人だが、ある日エリオットが戦火に倒れて死んだという記事が香港の新聞に掲載される。

スーインは、いつも二人が逢引を重ねた二本の樹が立つ丘の上に駆けていくが、笑顔で手を振って近づくエリオットの姿は幻影に消え、スーインは再び、医師として独り生きていく決意を固める。

スーイン役は主演デビュー作の「聖処女」でアカデミー賞を取り、「終着駅」などで一世を風靡したジェニファー・ジョーンズ、エリオット役は「第十七捕虜収容所」でアカデミー賞を得たウィリアム・ホールデン。一九五五年に公開されたヘンリー・キング監督のこの映画は、当時のエキゾチックな香港の情景をふんだんに取り入れ、「ビロードの声」と呼ばれたナットキング・コールらがカバーした主題歌の切ない抒情性と相まって、世界的なヒットとなった。

さて改めて映画の舞台になった現地をたどると、物語の大半は、富裕層や外国人の居住圏であることがわかる。スーインが働く病院や、すぐ近くにある逢引の地は、香港を望むピークにあるし、二人が初めて夕食を取る船上レストランは、香港島の南西部に位置する観光名所・香港仔(アバディーン)の岸辺に浮かぶ。二人が泳ぐレパルスベイも、前に触れたように、香港の富裕層が住む高級住宅地だ。さらにスーインがエリオットの後を追うマカオは、当時はポルトガルが支配する植民地だった。

つまり、「慕情」に出てくる場所は、大陸の重慶以外は、ほとんどが香港島の支配層の居住・行動圏であり、この映画はコロニアルな額縁に嵌め込まれた「租界」の風景画なのだ。スーインがその風景に出入りを許されているのは、彼女が英国の血を引いている医師であるからであり、その身分はまた、不安定な「研修医」に留まっている。

そう書けば、この映画はプッチーニのオペラ「蝶々夫人」の設定に極めて近いことがおわかりになるだろう。蝶々夫人もまた、アメリカの海軍士官ピンカートンと結婚しながら、彼が米国に帰って結婚したことを知らされるという悲恋の物語であり、その設定はミュージカル「ミス・サイゴン」にまで残響する「オリエンタリズム」なのである。有名な「慕情」の主題歌を作曲したサミー・フェインは、プッチーニの「蝶々夫人」のアリア「ある晴れた日に」を参考にその曲を書いたといわれるが、こう考えればその理由にも合点がいく。

おそらく「慕情」を見た西欧人の多くは、不仲な妻との離婚が許されないままスーインとの結婚を望み、その途上で朝鮮戦争に斃れるエリオットの視点、つまりはヒロイックな西欧白人の目で、この映画を見たことだろう。

だが、スーインは、引き裂かれた恋の結末を知って自害する蝶々夫人ではない。彼女はパーティーに出かけるときも「チャイナドレス」の名で知られる旗袍(チーパオ)に身を包み、「私は中国人です」と自己紹介する。自分で言うように、彼女の心の中ではいつも、「ヨーロッパの血と中国の血が議論をしている」のだ。

彼女は、エリオットが離婚できないと知っても、「それでもいい」と言い、彼が戦死した時にも、中国人の難民の娘を育てながら、医師として生きていく決意をする。多くの東洋人は、「租界」に出入りしながらも、東洋の血を自覚し、恋人の死後も自立を選ぶスーインの目で、この物語を見たに違いない。

つまり、一方では「オリエンタリズム」、他方では「東洋の覚醒」という相反する視点が交錯する作品が「慕情」であり、世界的な人気を博した理由は、その両義性にある。

「借りた場所、借りた時間」

香港については、スーインが残した言葉があまりに有名だ。香港は「借りた場所、借りた時間」なのだという。この言葉は、ガートルード・スタインが言った「あなたたちは皆、失われた世代なのよ」という言葉をヘミングウェイが「日はまた昇る」に引用し、「ロストジェネレーション」という言葉に定着したのと匹敵するほど、香港の本質を的確に表し、吸引力を持っている。彼女がその言葉を使ったのはまだ香港が英国の植民地だった一九五九年のことと言われるが、その含意は、香港が中国に返還された後も、一層アクチュアリティを増すように思える。

言うまでもなく香港は、一八三九年に起きたアヘン戦争の結果、一八四二年に結ばれた南京条約で、中国から英国に永久割譲された。

だが英国はその後の一八五六年には、「第二次アヘン戦争」と呼ばれるアロー戦争を仕掛け、一八六〇年の北京条約で、香港島にある九龍半島が英国に割譲された。

帝国主義の時代から第二次大戦まで、列強は武力によって植民地を獲得し、国境を画定させた。戦後は数多くの植民地が宗主国への戦争や反乱で独立を果たしたが、そうしなかった土地では「割譲」が永続化し、植民地支配が続いた。

ではなぜ、英国は香港返還に合意したのか。そう疑問を持つ人もいるかもしれない。その答えは、一八九八年、英国が清朝と結んだ租借条約にあった。その条約で英国は、九龍半島のさらに北にある「新界」を中国から借り受けることになった。期限は九十九年間。つまり、一九九七年六月三十日をもって、租借の期間が切れる条件だったのである。

ご興味のある方は、地図をもとに確認していただきたい。香港は南から三つの地区で成り立っている。香港島、九龍半島、新界の三つだ。このうち香港島、九龍半島は英国が二度の戦争で割譲を受けた。新界だけは租借、つまり「借りて」いたことになる。では、英国はなぜ新界だけを返し、残る香港島と九龍半島を維持しなかったのか。

もちろん英国はそう主張した。しかし、サッチャー英首相に対し鄧小平は、もし英国が香港全域を返還しない場合、中国は武力行使か給水停止をする可能性があると示唆し、譲歩を迫った。

これは第二次大戦で広東から南下した旧日本軍の「香港攻略」作戦を念頭に置いたものだったろう。旧日本軍は新界から攻め入り、激戦の末に九龍半島の要塞を奪取した。そこで香港島への給水を止めたが、島に立てこもる英軍はなおも抵抗した。英軍が降伏したのは、島の南方から上陸した旧日本軍が、島に唯一あった貯水池を支配下に置き、香港が断水になったためだった。旧日本軍は、九龍半島にある「ザ・ペニンシュラ」

ホテルに司令部を置き、三年八か月近くの統治を開始した。その間、香港に住む中国人の多くが大陸に逃れ、百六十万人近い人口は六十万人近くにまで激減したと言われる。

つまり、鄧小平が示唆したのは、新界だけを返還した場合、武力はともかく、給水や物流を止めるだけで、植民地香港は屈服するしかない、ということだった。サッチャーはむしろ、「名誉ある撤退」によって、すでに自由貿易港、金融センターとしての地位を確立していた香港への影響力を保持した方がいいと判断したのだろう。

その際、鄧小平が提案したのが、台湾回収のモデルとして考案した「一国二制度」だった。香港は中国に返還された後も五十年間は、「特別行政区」として高度な自治を保障される。防衛・外交の権利は中国が行使するが、民主・人権・言論の自由は、これまで通り保障するという妥協策である。

この交渉に入る前の一九七八年、鄧小平はその後の中国の繁栄につながる重大決定を下していた。「改革開放政策」である。この路線に基づき、中国は深圳、珠海、アモイ、汕頭、海南島に経済特区を設け、対外投資を呼び込むことになった。深圳は香港、珠海はマカオと地続きで、アモイは台湾の対岸にある。汕頭は東南アジアに広がる華僑の「故郷」と呼ばれる。海南島は、中国からインドシナに向かって張り出した南シナ海の要地である。

つまり、鄧小平は香港・マカオ回収、台湾回収、東南アジア圏への影響力を念頭に、対外投資を呼び込み、その地との経済格差を徐々に縮めていく遠大な構想を描いていたことになる。「香港が中国化されるのか、中国が香港化されるのか」誰にもわからない、と言われたのはそのためだ。

スーインの言った「借りた場所、借りた時間」は、移ろいやすく、いつまでも安住の地たりえない香港の特殊性を指す。その言葉が今も警抜な箴言であり続けているのは、返還後しばらくは安定していた香港の地位が流動化し、二〇一九年以来、その「中国化」の傾向が、日増しにあらわになりつつあるからだ。

ハン・スーインという人

先を急ぐ前に、「慕情」の原作者ハン・スーインのことに、少し触れておこう。

今ではもう忘れ去られた感があるが、彼女は映画「慕情」の原作になった「多くの光彩を放つもの」（中国語訳名「生死憐」）で一躍有名になった。ちなみに、原作名「A Many-Splendoured Things」は、英国の詩人フランシス・トンプソンの詩の一節から取ったもので、映画の中ではマカオのホテルでのセリフにも出てくる。

だが、日本では、スーインの名はむしろ、「自伝的中国現代史」の四部作で知られ、そのすべてが邦訳されて紹介された。「悲傷の樹」「転生の華」「無鳥の夏」「不死鳥の国」である（いずれも春秋社刊、その多くは長尾喜又氏訳による）。邦訳が刊行され始めた一九七〇年前後には、来日して各地で講演もしている。米中、日中の国交が正常化される以前で、おそらく当時はまだ、「竹のカーテン」と呼ばれた中国の素顔はほとんど知られていない時代だった。自分の人生を、中国の激動と重ね合わせて描く微細で重厚な自伝は、「現代中国」の実態を知る上で、貴重な情報だった。その点でいえば、一九九一年に発表され、世界的ベストセラーになったユン・チアンの「ワイルド・スワン」に先行して、未踏のジャンルを切り拓いた作品ともいえる。

この四部作に沿って彼女の来歴を紹介しよう、ハン・スーイン（韓素音）の中国名は周光瑚で、一九一七年に、四川省成都の名家出身の中国人を父、オランダ人とフランダース人の血を引くベルギー人を母として生まれた。父の祖先はもともと広東省梅県の客家で、十七～八世紀に四川に移住した。行商から身を起こし田畑を手に入れ、煙草や塩の商いで頭角を現し、富を築いた。スーインの父親の手記によると、彼は子どもの頃、一族七十五人が住む大きな屋敷で育ったが、青年期には、列強の侵略が強まり、中国の家制度は揺さぶられ、清国は内外からその土台を掘り崩されつつあった。

そのころ、アフリカのコンゴを手中に収めたベルギーのレオポルド二世は、中国進出でさらに権益を獲得する野心を抱いていた。列強に比べ、義和団の乱でも比較的温和に振る舞ったベルギーへの中国人の好意をテコに、鉄道を敷設して大陸奥地に進出しようとする狙いだ。スーインの父親は一九〇三年、鉄路建設を学ぶためにベルギーに旅立った。こうして父は、ベルギー人の母と出会って結ばれ、一九一三年までベルギーに滞在し、技師として働いた。

だが夫妻が、生まれた長男を連れて戻った中国は、すでにかつての祖国ではなかった。国庫収入の八二%は列強への賠償金に消え、物価は高騰し、商売は行き詰まって、一族は田畑を手放さなければ生きていけなくなった。

中国では一九一一年に辛亥革命が起きて中華民国軍政府を樹立し、翌年に最後の皇帝・溥儀が退位して清朝は滅びた。だがそれはさらなる混乱への序章でしかなかった。

初めて中国に足を踏み入れた母親は、旧家のしきたりや付き合いに耐えられず、異郷の地で悶々と暮らした。母は夫だけでなく、中国そのものを疎んじるようになるが、気難しい母親に反発したスーインは、むしろ父とその血に流れる中国人に自らのアイデンティティを見出すようになる。

一家と共に北京に移った彼女は、貧困と劣悪な環境に呻吟する中国の人々の役に立とうとして、働きながら燕京大医学部予科で学び、奨学金を得て三六年にブリュッセル自由大医学部に進み、卒業した。中国では日本が南京を陥落させ、蒋介石率いる国民党政府は三七年、四川省・重慶に都を移して抵抗を続けていた。

スーインは祖国のために働こうと帰国を決め、その帰りの船中で知り合った国民党軍の青年将校・唐宝璜に求婚され三八年、漢口で結婚し、日本軍が渡洋爆撃を繰り返す戦火の重慶や成都で暮らした。

だが唐は、精神的に不安定のうえ、それを補うかのように中国古来の絶対服従を求め、スーインに消し難い恐怖と束縛感を植え付けた。太平洋戦争が勃発し、スーインは養女を連れて、ロンドンの駐在武官として赴任していた夫の後を追う。

だが、日本の敗戦によって、単身帰国した夫は、国共内戦が激しくなった旧満州に赴き、戦死する。スーインは四八年、ロンドン女子医大を卒業し、共産党が北京を支配下に置いたことを知って、養女を連れて香港に向かう。

これが、「慕情」が書かれるまでのスーインの足跡だ。つまり彼女は、東洋と西洋の血を受け、中国で育ち、母親の生地である欧州に留学し、二つの文化と風土を生きてきた。中国ではその外見からユーラシアンとみなされ、欧州ではアジア系として周囲から距離を置かれた。戦死した夫は国民党軍将校であり、共産党が支配する大陸に戻れば、自らも迫害されかねない。しかも母は妹を連れて四川省に戻り、単身北京に残された父親に、どのような危害が及ぶかもわからない。

自伝第四部の「不死鳥の国」は、このように幾重にも時代の激動に引き裂かれたスーインが、祖国の将来を憂いながら、内戦によって香港に押し寄せてくる難民の治療にあたるところから始まる。彼女は書く。

「すでに四九年の香港はマンハッタンのような形に変容し始めていたのだった。かつてこれほどの凶暴さでずたずたに刻まれて、建設されている都市はなかったし、またこの三十年を通じて、これほどまでに引き裂くことをやめず、建設することも止めなかった所もなかった」

当時はまだ、英国人の男と中国人の女性の結婚は職場で譴責の対象になり、すぐに降格の処分を受けた。英語で学ぶ香港大の学生は、当局に服従するよう躾けられ、殖民地エリートと目される医師や弁護士になった。宗主国の英国は、香港に、もう母国でも旧弊になりつつあった階級制度を持ち込み、それを徹底させていた。つまり香港は、「国王よりも王党派」という言葉が当てはまるコロニアルな世界だった。

スーインは、そこでロンドン・タイムズの特派員イーアン・モリソンと出会い、恋に落ちた。スーイン三十三歳、モリソン三十七歳の時だ。英国人のモリソンは拠点のシンガポールに妻を残して出張中だった。彼は妻を説得しようとして離婚できず、失意のままスーインは一時重慶に里帰りして、国外脱出を願う妹の将来に気を揉む。だが、再び香港に戻ったモリソンに、朝鮮戦争の従軍取材の指令が下される。

ある日、世話になっていた友人宅で、親友が新聞を開き、「ああスーイン」と金切り声をあげた。モリソンのジープが地雷で爆破され、記者三人が即死したという記事だった。

数日後、モリソンの手紙が朝鮮から届き始めた。

「一通また一通と来たので、彼が死んでしまったことを知っているのに、彼の生存を思わせるようなこれらの延着した手紙のおかげで、私はその死を認める感覚が鈍くなってしまった。これほどに活気にあふれた手紙が現実にあり、彼の筆跡で、彼そのものの言葉で書かれたものが自分の手もとにあるというのに、その人は死んでいるというようなことが、一体あり得ることなのだろうか？」

手紙は三週間にわたって、毎日一通ずつ届いた。

「日付でこれが最終の手紙だということがわかった。そしてその最終のものが届いて、もう来ないことを知った時、私はタイプライターを持ち出し、それに用紙を入れて『愛の光にきらめくもの』を書き始めた」

サハリン　「帝国」が見える島

話は大きく逸れるが、ここで少し寄り道をして、サハリンについて触れてみたい。

人と「時」の出会いは偶然だが、人と「場所」の出会いは必然だ。

人はたまたまある時代に生まれ、その後は時の流れに押し流されていく。自分で選ぶことはできず、後戻りすることも、寿命を超えてその先を生きることもできない。もちろん、生まれる場所は選べない。しかし、その後の人生で、どこに向かい、どこに移動し、どこに定住するかは、個人の選択に任されている。

私がそう考えるようになったのは、二〇一七年、北海道立文学館で開かれるチェーホフ展の講演の準備のために、サハリンを旅してからだった。

一八九〇年、三十歳の作家アントン・チェーホフは、モスクワから陸路でシベリアを横断し、サハリンに渡った。そこで三か月にわたって流刑者の置かれた状況を調査し、ルポルタージュ「サハリン島」を発表した。

チェーホフは医師として働き、劇作でも名前が知られ始めた時期だった。その彼がなぜ、はるばる「地の果て」のサハリンを訪れ、流刑の現状についてこれほど克明な調査をしたのか。その彼がのちに、なぜサハリンを舞台にした戯曲を残さなかったのか、謎は多い。

だがその優れた記録「サハリン島」（原卓也訳、中央公論新社）は、忘却の海流に抗う精神の孤島のように、百三十年を経た私たちの眼前に今も屹立している。

その記録の注でチェーホフは、ある重要な事実を指摘している。それはロシア帝国の勅命によって、すでに一八六三年に委員会が設けられ、重罪人をサハリンに送る「長所」を以下のように列挙したという事実だ。

一　脱走兵が本土へ来るのを防いでいる地理的位置

二　サハリン流刑は二度と帰れないと見なされるため、刑罰がしかるべき圧力をもつ

三　新しい勤労生活を始める罪人にとって、広々とした大地がある

四　国家的利益の見地からすれば、流刑囚のサハリン集結は、わが国の同島所有を確実にする担保

五　石炭層は、石炭に対する莫大な要求を考えれば、有利に開発し得る。また、流刑・労役囚全員を同島へ集中することは、彼らの維持費を軽減する

北海道の行刑史を知る人なら、ここにあげた「長所」が、いかに明治政府の発想と酷似しているかに気づくだろう。内務卿の伊藤博文は一八八〇（明治十三）年、集治監を新たに北海道に置く理由を三点で示した。

一　未開地に長期の流徒刑囚を送り自耕自食させ、政府に抵抗する危険分子を隔離排除して治安維持をはかる

二　流徒刑囚の安価な労働力を活用して北海道開拓に役立てる

三　流徒刑囚を感化し、人口希薄な北海道に安住の地を与え、自立更生させる

その五年後に金子賢太郎が内務卿の山県有朋に送った「苦役で囚人が死ねば監獄費を節約できる」という復命書を加えれば、日露の発想はぴたりと符号する。こうして、新政府に楯突いて反乱を起こした旧士族、やがては自由民権運動の活動家らが次々と囚人として北海道に送られた。西軍と争って敗れた奥羽越列藩同盟を主力とする屯田兵と並ぶ、北の開拓の先駆者といえるだろう。

近代国家が成立するためには、領土と国民を確定する必要があった。しかも強力な中央集権制を維持するには、様々な政治犯、異分子を排除して隔離する必要があった。流刑と開拓を兼ねた領土形成である。また、先住のアイヌの人々や数多い少数民族をいかに「国民化」するかを課題にした。こうして北海道とサハリンは相似形の歩みをたどり、数奇な交流の歴史を積み重ねた。

私は北海道の「兄弟島」と呼ばれたサハリンの歴史を知って、なぜチェーホフが流刑者のいるサハリンに向かったのか、その理由を考えた。

たぶん青年チェーホフは、ロシア帝国がその中心部から排除しようとしたものを、その眼で観察しようとしたのではなかったか。

モスクワは当時首都の座をサンクトペテルブルクに譲ったが、依然として商工業の中心地だった。チェーホフは、そのモスクワで、社交界の華やかな世界に足を踏み入れようとしていた。だが、モスクワにいては決して見えないものがあると気づいた。それは「帝国」の姿だ。「帝国」はあまりに大きすぎるため、その近くにいる者の目には見えない。その全貌を見るためには、限りなく遠い辺境、それも「帝国」の中心部から弾き飛ばされた政治犯らが吹き溜まりのように地を這って生きるサハリンに行かなければならない。彼はそう考えてサハリン島に行き、憑かれたように歩き回ったのではなかったか。

私はそう思うようになった。

「帝国」の見える丘

閑話休題。

チェーホフの「サハリン島」に寄り道をしたのは、スーインが香港に行ったのも、また偶然ではなかったのだろうと感じたからだった。もちろん、彼女の場合、帰りたかったのは激動に翻弄される中国大陸であり、内戦に阻まれて、その近辺で唯一安全が保障されている香港に留まったに過ぎない。

だが、こうも言える。香港の安全が保障されていたのは、大英帝国と中華帝国の「辺境」が重なり合う地であったからだ、と。

海洋帝国イギリスの植民地の多くがそうだが、大陸の縁辺に築いた殖民地の港は、別の帝国に打ち込まれた楔であり、別の帝国への侵略に道を拓く橋頭堡だった。事実、アヘン戦争で獲得した香港を足場に、英国は中国だけでなく、アジア全域へと影響力を強めていく。スーインが香港に着いた時、彼女は香港周辺の海域を埋める不気味な灰色の戦艦を目撃した。「新聞は米艦隊と二隻の英艦が香港を紅軍の脅威から守ることになった」と書いている。彼女がビクトリア・ピークという丘から見ていたのは、二つの「帝国」が交わる辺境であり、それぞれの帝都から最も遠い香港にいたからこそ、大きすぎる二つの「帝国」の全容が見晴らせたのだった。

一九四九年から五〇年にかけては、戦乱と長い国共内戦の果てに共産党が勝利して中華人民共和国が成立し、旧ソ連の後ろ盾をあてにした北朝鮮が朝鮮半島を南進した時期だった。スーインとモリソンは、そうした時代背景のもと、その激動が目に見える香港で出会い、恋に落ち、引き裂かれた。

ロンドン・タイムズ特派員としてモリソンは、香港に押し寄せる難民を取材するために香港を訪ねるのは当然だったし、朝鮮戦争に従軍するのも必然だった。二人の恋と突然の破局は、偶然の邂逅というより、定められた二つの軌道の交差と、宿命の離別だったといえる。スーインが、モリソンからの手紙が途絶えたあとに、その文面を引き継ぐように「慕情」の原作を書き始めたのは、その「定められた恋の終わり」を、永続する物語に留めたかったからなのだろう。

植民地・香港

一九九七年の返還直前の香港を取材して、なるほどと思ったことがある。香港の上流階級が顔を合わせる場所が二つあるのだという。一つは高級ホテルで開かれる慈善パーティーで、もう一つは香港島にある跑馬地（ハッピーバレー）にある競馬場の貴賓室だ。

そこに集まるのは、香港総督府の高官、コングロマリット「ジャーディン・マセソン」など英資本の企業の幹部、地元の不動産王らだ。ジャーディンは英議会にアヘン戦争を働きかけた商社が近代化したもので、送金のために設立した香港上海銀行（ＨＳＢＣ）はある時期まで香港の中央銀行の機能を果たし、今も香港ドルの紙幣の多くを発行している。

昔からの言い伝えに、「英国は植民地に学校と制度を残し、フランスは仏語とワインとフランスパンの製造法を残す」という言葉がある。英国はインドやビルマでそうであったように、植民地に派遣された一握りの統治者や英財界の現地幹部といった閉鎖的なサークルを作り、現地の人々とは交わらないことが多い。少数民族を警察や治安部隊に充て、カースト制などで上下の序列を強化し、現地の人々の登用にも消極的だ。スーインが観察したように、現地のエリートが出世できるのは、医師や弁護士など、ごく限られた職種だった。

他方フランスは、現地にフランス語教育を強い、因習や慣行を押しのけてでも「フランス化」を推し進める。フランスの「臣民」になるためには、言語も文化も制度も「共和制」の一員であらねばならない。

その比較でいえば、英国の方がフランスより、遥かに狡猾で、スマートだったといえるかもしれない。現地に「フランス化」を強いたために、「脱植民化」は、アルジェリアでもインドシナ半島でも、深く地中に根をおろした植物を力ずくで引き抜くのにも似て、暴力的な、血腥いプロセスになった。他方の英国は、「脱植民化」においても、比較的あっさりと支配層が撤収し、後に残された教育や教会、金融システムなどを通じて影響力を残し、英連邦の名のもとで協力関係を保持した。植民地獲得の時期には戦争や殺戮、破廉恥な強権も振るったが、その後の統治や脱植民プロセスでは、したたかだったと言わざるを得ない。

では英国は、戦後も植民地に留めた香港を、どう利用したのか。英国は一九五〇年、西側諸国の中では、いち早く中華人民共和国を承認した。これは香港を手もとに置く代わりに大陸には権益を求めないという外交政策と行け止められた。中国側も、香港にまでは手を出さないという暗黙の合意だ。この点、長く中華人民共和国を承認せず、台湾に逃げて反攻をたくらむ国民党政府に軍事的に肩入れした米国とは対照的だった。

英国は香港を、アジアにおける金融センター、自由貿易港として維持した。香港にはほとんど製造業がなかったが、最初は香港フラワーや軽工業が育ち、中国が改革開放路線を取ってからは、大陸投資の拠点、「世界の工場」となる広東の製造業を統括する司令塔として、目覚ましい発展を遂げるようになる。

英国資本以外に、地場で最も力を持ったのは、不動産売買や開発を手掛ける企業だった。

その典型である李嘉誠(リー・カシン)は広東省潮州から香港に来てプラスチック加工やホンコン・フラワー製造で財をなし、それを元手に不動産を買って英財閥のハチソン・ワンポアを買収した。その後は「長江実業」グループを率いて港湾、電力、小売り事業にも手を広げ、大陸への投資にまで乗り出した。

中国は、改革開放路線以来、「社会主義市場経済」を標榜しているが、一言でいえば、それは権威主義的な資本主義といえる。その大きな原動力は、積極的な外資導入と、不動産の「民営化」による莫大な収益だった。社会主義の建前のもとで、土地は国有か、公有とされている。地方政府がそれを開発しようとすれば、住民や農民に、わずかの補償金を払って、力ずくで追い出すことができる。その土地を開発し、市場価格で売りに出せば、その差額はそっくり、共産党幹部の親族や友人たちが作る開発会社の懐に入る。まさに、土地をめぐる錬金術と言っていい。

こうして、莫大な金が一部の特権階層に入り、彼らはそれをさらに電力、通信、航空、ＩＴ、宇宙などの新規産業への投資に回し、経済成長の起爆剤とした。

だが一つ問題が生じた。いくら親族が蓄財しても、いざ不正が露見したり、権力闘争に破れたりすれば、元も子も失ってしまう。中国で不動産に投資しても、社会主義の建前なので、他国のように完全な所有権が認められているわけではない。

そこで向かったのが、香港の不動産だった。親族や縁者を通じて、値崩れのしない香港の不動産を買えば、最も安全な資産にすることができる。こうして香港の不動産は一層値上がりし、住人には手が出ないほどになった。香港の不動産は、一九九七年の返還時と、〇三年のＳＡＲＳ（重症急性呼吸器症候群）の流行時に一時値崩れしたが、その後は急速に持ち直し、上昇を続けた。

返還前には、一時香港が「中国化」することを恐れ、住民がカナダやオーストラリア、ニュージーランドなど英連邦の国に移民する動きがあったが、数年後には、香港に戻ってきた。香港の「一国二制度」が、ただの建前ではなく、五十年は続くらしいと見て取ったからだ。私が香港に駐在した〇七年から三年間、香港ではその安堵が定着し、バブルが弾ける前の東京のように、その繁栄は永遠に続くかのように思われた。

そのかりそめの栄華に翳りが見え始めたのは、私が帰国したあとの二〇一四年の「雨傘運動」だった。そのころから香港の人々は、香港がやはり「借りた場所、借りた時間」であったことに気づき始めたのである。

「雨傘運動」

会社を早期退職した二〇一一年のあとも、私は年に一度は香港を訪れた。もともと活気のある町や人々に惹かれていたこともあったが、そこに行けば、アジア、とりわけ大陸中国の変化が、肌で感じられるような現場だったからだ。

二〇一四年の秋、私はたまたま訪れた香港で、それまでとは全く違う情景を目にした。

香港の金融街がある中環（セントラル）や香港政府の建物がある金鐘（アドミラルティ）の周辺に、おびただしい数の白い制服姿の中高生が集まった。平日の日中なのに、それだけの若者が集まるのは珍しい。彼らは三々五々、道端に腰をかけてだべったり、所在なげにスマホをいじったりしていた。なんとも平和な光景に、最初は休校日に人気タレントがイベントに来るのを待ち受けているのか、と思ったほどだ。

だがそれが、のちの「雨傘運動」と呼ばれる激動の始まりだった。

香港ではこの年の九月から十二月にかけ、民主化を求める若者たちの大規模デモが連日のように繰り広げられた。警察官が浴びせる催涙弾を、学生たちが傘で防いだことから、「雨傘革命」という名前がついた。

英国と中国は一九九七年の香港返還時に、五十年間は、香港特別行政区において、外交と軍事を除く政治体制を存続させることで合意した。すでに述べた「一国二制度」である。

香港では二〇一七年から、首長の行政長官選挙に、これまで繰り延べされてきた「直接選挙」を導入することになっていた。しかし二〇一四年八月末、中国の全国人民代表大会の常務委員会は、各界代表から成る指名委員会が長官選挙の候補者を二、三人に絞ることを決めた。

指名委員会は親中派が支配しているため、これでは到底、「直接選挙」とはいえない。

これに抗議する大学関係者らが、「オキュパイ・セントラル」を呼びかけた。ここでいう「セントラル」とは、香港金融の核である「中環」を指す。後で触れるが、「オキュパイ・ウォール・ストリート」のように、大衆を動員して直接、民主化を要求するという狙いだった。

しかし事態は意外な展開をたどった。「オキュパイ」に先駆けて、大学生や高校生が授業ボイコットをして、香港政府庁舎のある金鐘や、商業の中心である銅鑼湾、九龍半島にある旺角などの繁華街で座り込みやデモを始めたのである。これが、私の見た「のどかな風景」の始まりだった。

たまたまその日は平和な集会で波風も立たなかったが、連日のようにボイコッやデモが続いたのち、警官隊が催涙ガスや警棒を使って排除を始めたが、占拠の学生たちは「非暴力抵抗」の姿勢を取り続けた。

しかし、街頭での混乱が長引くにつれ、金融や商業、観光で成り立つ香港経済への影響が出始めた。大陸からの買い物客が減ったことも大きい。民主化を求める学生への同情や共感は、次第に混乱に対する疲れや嫌気に変わっていった。

この間、香港政府は学生との対話に臨んだものの、学生が求める「全人代決定の撤回表明」には応じず、話し合いは物別れに終わった。学生たちは住民投票などの道を模索したが、路線は定まらず、警官隊による排除で終わった。

この混乱を通して印象深かったのは、梁振英行政長官が十月二十日、外国メディアとの会見で語った言葉だった。梁長官は、「住民が代表者を選ぶようになれば、香港住民の半分を占める月収千八百米ドル以下の所得層が決めることになる」と本音を口にした。

月収千八百米ドルといえば、円安の当時でも二十三万円ほどだった。事実上、低所得者層を含む「一人一票」の直接選挙の原則を否定する、露骨な言葉だ。

「雨傘革命」から一年後、私は香港城市大学で公共政策学を教える葉健民教授に会って話を聞いたことがある。

梁行政長官の言葉について尋ねると、教授は、「月収千八百ドル以上なら、香港では中流階層です」と答え、「格差」に対する若者たちの不満を説明してくれた。

「失業率は三%程度だが、大学を卒業してもフルタイムの職は少ない。初任給は千四百米ドルほどで、ここ数年上がっていない。不動産価格は急騰し、買おうと思えば収入の六割がローンに消えてしまう。中国との境界がすぐそこにあり、郊外に家を買うこともできない。そうした若者の不満が、今回の運動の背景にあったと思う」

葉教授によると、運動を主導したのは「九〇後」と呼ばれる一九九〇年代以降に生まれた世代だったという。この世代は、保守的だった「八〇後」世代と違って、行動においては、より直接的、攻撃的で、政党政治に対する不信感やシニカルな態度が目立つ。新聞などは読まず、フェイスブックなど自分の親しいサークルで情報をやりとりし、ニュースも見出ししか読まない。

「運動は自発的なもので、初めは規律正しかったが、一、二週間すると、リーダーも統率できなくなった。格差などの社会的な不正義への不満や、中国への懸念が重なり、民主主義を求める運動に発展していったのだと思う」

香港のデモや集会で、警察官が催涙ガスを使ったのは、一九六〇年代以降、初めてだという。葉教授は、米国の「オキュパイ」運動や台湾の「ヒマワリ学生運動」にも言及し、「既成の政治システムに不信感を抱き、飽き足りなくなった若者たちが直接、意思を表明する運動が、世界各地で広がっている」という。

葉教授の話に出てきた米国の「オキュパイ」運動とは二〇一一年九月、金融界や政治家に抗議するため、若者たちが金融の象徴であるウォール・ストリート近くの公園を拠点に、二か月にわたって座り込みやデモを続けた活動だ。ＳＮＳや動画サイトで連絡をとった自発的な運動で、富裕層への富の集中が進むことを批判し、課税強化などを訴えた。

背景には、当時はまだリーマン・ショックの後遺症が続き、景気低迷が若者の就職難に直結した事情があった。オキュパイ運動は瞬く間に全米に飛び火したが、運動の目標が具体化しておらず、リーダーがはっきりしない運動形態であったことから、警察の鎮圧によって終わり、持続的な運動にまでは発展しなかった。

「オキュパイ」運動のような抗議活動は台湾では二〇一四年、「ヒマワリ学生運動」となって表れた。これは、前年に国民党政府が中国と調印した貿易協定をめぐる審議で、立法院の内政委員会が強行採決をしたことがきっかけで起きた運動だ。

学生たちが立法院を占拠し、「密室政治」に抗議すると、支持者が立法院の外にも詰めかけ、大きな抗議運動に発展した。三月三十日には集会が開かれ、総統府前に警察発表で十一万人、主催者発表で五十万人が参加した。

こうした運動の結果、馬英九総統は、一時貿易協定の審議はしないことを約束し、四月十日に学生たちは立法院から自主退去した。

この間に、学生たちは立法院からネットで放送し、そこに飾られていた「ヒマワリ」を支持者が続々と届けたことから、「ヒマワリ」が運動のシンボルになった。

この運動は、抗議の対象と政治目標を明確化し、鎮圧や自壊の前に自主的に退去した点が、他の運動とは違っていた。

この年十一月の統一地方選で、与党の国民党は大敗した。台北市長選では、民進党が支持する無所属の医師・柯文哲氏が、若者を中心とする無党派層の票を集め、国民党候補に圧勝した。こうした民意のうねりがのちの二〇一六年、蔡英文総統による民進党への政権交代へと結びついた。

「カウンター・デモクラシーは、最終的に選挙の投票行動に『翻訳』するのでなければ、力をもたない」と葉教授はいう。台湾では民意を選挙という回路に「翻訳」したが、雨傘ではそれができなかった、という総括だ。

ところがその後、「雨傘運動」の失敗を教訓にした香港の若者たちは、水面下で伝統的な「民主派」と共闘しつつ、選挙に向けて目標を明確にしつつあった。その結果が二〇一九年に香港で起きた大規模抗議デモであり、その後の立法会区議選での圧勝だった。

皮肉にも、その民意の高まりが、大陸にある「帝国」の恐怖を呼び覚ました。その結末が、二〇二〇年六月、まだ世界でコロナ禍が続く最中に中国が突如として制定した「香港国家安全維持法」だった。

二〇一九年秋・香港

私は二〇一九年十月下旬から十一月にかけ、二週間にわたって香港に滞在した。それまでの報道で、夏以来続く大規模デモが各地で先鋭化し、若者と機動隊が衝突を繰り返しているのは知っていた。だが、かつて雨傘で身を守り、防戦一方だった若者たちはもう、そこにはいなかった。

彼らはスマホのアプリを駆使し、「押さば引け、引けば押せ」という、さながらスマホ時代の「市街戦」を展開するようになっていたのだった。

若者たちは防塵マスク、ゴーグル、ヘルメットで防備を固め、スマホの画面を青、赤、黄に変えて「進め」「退け」「要注意」の合図を送り合い、地図アプリに警察やパトカーの位置を入力して、機動隊の鎮圧の裏を掻いた。警察側に立っているという理由で地下鉄券売機やＩＣカードの読み取り装置、中国銀行のＡＴＭを破壊した。中国の立場を支持する飲食店や服飾店を名指しし、ショーウインドーを叩き割った。

九龍半島の北にある新界地区では、ショッピングモールの柱が毎日、ビラや壁新聞で埋め尽くされていた。カラーのイラスト入りで、どのような装備が必要か、備品を細かく指示する参加呼びかけのチラシもあった。それによれば、防塵マスクや生理食塩水のペットボトル二本の携帯は欠かせない。催涙弾を吸い込まず、眼に入った場合は生理食塩水で洗い流すのに必要だからという。

腕や手で、連絡を取る方法も描かれていた。

右手のひらを空にかざせば、「話し合いたい」のサインだ。両腕を上げて手のひらを見せれば「賛成」、両腕を腰の位置に置いて両手垂らして手の甲を見せれば「反対」、両腕を胸の前にバッテンの形で交差させれば「阻止せよ」、人差し指で方向を示せば、「直接行動」の指示を意味する、といった具合だ。こうして腕や手で指示をしあえば、誰が司令塔なのか、全くわからない。マスクや雨傘、水など、必要な備品を示し、補給を仰ぐ合図のサインもあった。

駅の通路の壁や歩道橋には隙間なく、メッセージが貼られ、道路には「光復香港、時代革命」などのスローガンがペンキで大書されていた。

警察も警告の横断幕を掲げると、すぐに催涙弾を発射し、捕まえた若者を足蹴にした。路傍にいる大勢の市民も逃げ遅れ、身柄を拘束された。時には、ショッピングモールで学生たちがいきなり階下の警官隊に向かって瓶やゴミを投げ捨て、階段を駆け上がって捕まえようとする機動隊が通行人を袋叩きにして、人込みに紛れた若者がそれをさらに背中から蹴るといった場面もあった。

路上には催涙ガスが立ち込め、闇夜に放水が水しぶきをあげ、路上のいたるところに焔が上がって、焦げた臭いを放った。

衝突がいつ、どこで起きるのかまったく予測がつかず、交通網も寸断されることが日常だった。繁華街の高級ブティックやレストランはシャッターを下ろし、若者たちはその上にペンキでスローガンを書き殴った。

だが、そうした混乱の中でも、ある種の「了解」が成立しているらしいことがわかり、それはそれで不思議だった。救急医療関係者、報道陣は、きちんと赤や黄に色分けされた「制服」を着て、デモ隊も警察も、原則として手を出さない。デモ隊に抗議する通行人が袋叩きにされることはあったが、少なくとも第三者には手を出さないという暗黙のルールがあったように思う。だが私には、「民主派」の大人たちが、「勇武派」と呼ばれる若者たちを前面に押し出して、傷つかせることは、許せないような気がした。政治的な立場は別にして、血気に逸る若者たちを制し、対話に切り替える回路を作り出すのは、大人たちの役割だと思った。

だが、こうした見方は皮相に過ぎる、と言う人もいる。二〇二〇年夏、香港に詳しいフリージャーナリストの野嶋剛氏と話し合った時、彼は、抗議デモの先鋭化は「雨傘運動」の限界から出発した必然的な流れで、もともとあった「民主派」と、「勇武派」が暗黙のうちに「共闘」した結果だという見方を示した。

「過激化したデモを考える場合、やはり『雨傘運動』の行き詰まりから振り返るべきだろう。『雨傘』では活動方針をめぐって各派が分裂し、非暴力抵抗運動の限界が見えた。去年は、穏健な民主派が後ろを支え、若者たちの一部が『勇武派』として突出したが、民主派と勇武派の距離は縮まり、団結力は強まった。その結束が、区議選での大勝につながったのだと思う」

「逃亡犯条例」の改正

野嶋氏の見方を裏付けるために、二〇一九年夏の抗議デモがなぜ激化したのか、その発端と先鋭化の過程を振り返っておこう。

発端は二〇一八年二月に台湾で起きた殺人事件だった。台湾に旅行中の香港人学生カップルの喧嘩がもつれ、男が女を殺害し、死体を遺棄した。男は香港に逃げ帰り、奪ったカードで金を引き出し、窃盗容疑で逮捕され、香港警察の取り調べに対し、殺人や死体遺棄も認めた。

問題は香港が、台湾との間に犯罪者引き渡し条約や相互法的援助条約を結んでいない点にあった。殺人は台湾で起きたので、台湾の司法当局が証拠を集め、立件する。香港で窃盗を立件できても、殺人罪では裁けない。

では従来のように双方の司法当局が協議して引き渡せば、それでいいではないか。あるいは、本件に限って条例を改正し、容疑者の身柄を台湾に引き渡せばいいのではないか。ふつうはそう考える。だが香港の林鄭月娥（キャリー・ラム）行政長官は二月、これを機に「逃亡犯条例」を全面改正して、本件に適用する道を選び、改正案を公表した。

香港は、中国やマカオとも犯罪者引き渡しの取り決めを結んでいなかった。もし条例案が改正されれば、香港に逃げ込んだ中国人、あるいは中国で罪を犯した香港人も、その対象になるのではないか。そうした恐れが急速に高まった。

背景には、それまでにも、中国本土で香港人が別件逮捕されたり、厳しい取り調べを受けたりする事例があったからだ。その典型は二〇一五年に起きた「銅鑼湾書店事件」だった。これは、香港の繁華街コーズウェイ・ベイ（銅鑼湾）を拠点に、中国当局の内幕本を出版していた同書店の店長や株主ら五人が、香港や深圳などで相次いで失踪し、中国当局に拘束された事件で、世界的に波紋を広げた。中にはスウェーデンなど外国籍の関係者もいたからだ。

条例改正は、民主派への圧力、あるいは言論の自由への弾圧につながるのではないか。香港では六月に主催者発表で百万人の抗議デモが起き、返還記念日の七月一日にはデモ隊が立法会を一時占拠した。さらに八月になると数千人規模のデモ隊が連日、香港国際空港のロビーを占拠し、航空便が全便キャンセルになる騒ぎになった。

しかし、学生や市民の抗議活動は収まらず、林鄭月娥行政長官は九月四日、逃亡犯条例改正案を正式に撤回し、三か月の混乱に終止符を打とうとした。だがその時までに、市民の要求は行政長官の辞任や警察の暴力追放、普通選挙の実施にまで広がっており、一向に引き下がる気配はなかった。

中国の建国七十周年にあたる国慶節の十月一日には、大規模な抗議デモが十か所以上で開かれ、警察官がデモ隊の十八歳の高校生に実弾を発射し、重体になる事件が起きた。林鄭月娥行政長官は十月四日、香港が緊急事態に陥ったとして行政長官に権限を集中させる「緊急状況規則条例（緊急法）」を約五十年ぶりに発動し、立法会の審議を経ないまま、デモ参加者がマスクなどで顔を覆うことを禁じる「覆面禁止法」を制定した。

コロナ禍が広がる今から思えば皮肉な話だが、当時の活動家は、高性能の監視カメラ分析で、顔から身元が割れることを恐れ、覆面をするのが一般的だった。緊急法の発動は一九六七年の大規模暴動以来で、中国への返還以降では初となった。

十一月四日になって中国の習近平国家主席は香港の林鄭月娥行政長官と上海で会談し、混乱の収拾に向けて強い態度で臨むよう求めた。こうしてその後も警察とデモ隊の激突はエスカレートし、十一月八日には立体駐車場から転落した大学生が死亡する事件が起きた。

香港警察は十一月十一日から、若者たちの拠点になっていた香港各大学に部隊を派遣し、十九日には、香港理工大に立てこもっていた約六千人の若者が投降した。日本の六〇年代の学生運動でいえば、六九年の東大安田講堂事件にあたるような象徴的な場面だった。

だが、この後、香港市民の抗議はその直後に予定された十一月二十四日の区議会選挙に引き継がれることになった。

結果は、全四百五十二議席のうち、民主派が改選前の約三割から大きく議席を増やし、八割を超える圧勝になった。民主派が過半数を占めるのは初めてで、歴史的な勝利といえる。

二〇二二年に予定される行政長官選挙で、投票資格を持つ選挙委員(千二百人)のうち、百十七人は区議の互選で選ばれるが、その全てが民主派の手に渡る見通しになった。

これは、「民主派」と「勇武派」が暗黙のうちに連帯し、運動を選挙に「翻訳」した結果だといえる。中国当局が最も恐れていた事態だったろう。

この民主派の攻勢に、さらに米国の後押しが加わった。トランプ大統領は十一月二十七日、「香港人権・民主主義法案」に署名をして、同法が成立した。米国務省に「一国二制度」の検証を求める内容で、香港の民主派を支援する態度を鮮明にする内容だ。

こうして皮肉にも、民主派の圧勝と米国の後押しが、「国安法」という今回の中国の強硬姿勢を引き込む呼び水となった。

「国安法」の導入

コロナ禍に揺れ動く二〇二〇年六月三十日、中国全人代常務委員会は突然、「香港国家安全維持法」(国安法)を採択し、即日実施を発表した。これは、中国の特別行政区である香港独立を図ったり、外国勢力と結託して転覆を図ったりする被疑者を、中国当局が、直接、逮捕・起訴できるとする法律だ。返還後も五十年は「一国二制度」のもとで香港の高度な自治を保障するとした国際ルールを根底から変えるものだと受け止められた。

この突然のルール変更の背景には、この年九月に香港立法会選挙が迫っていたことがあった。七月上旬には立候補の届け出を予定していたが、民主派は予備選挙を行い、穏健派から勇武派まで、その選挙区で一番人気のある候補を本選挙に立てる統一戦線ができていた。「一国二制度」は形の上では「民主選挙」を保障するが、実態は親中派に有利だ。しかし、それを押し戻すほどの民意の高まりを、中国当局は恐れていた、という見方が一般的だ。

国安法を導入後の七月三十一日、香港政府は、新型コロナの感染拡大防止を理由に、立法会選挙の一年延期を決めた。

中国は、香港の治安に直接介入し、その意を受けた香港警察は八月十日、民主派の有力者で、中国に批判的な香港紙「リンゴ日報」創業者の梁智英（ジミー・ライ）氏と、「雨傘運動」から指導者になった周庭氏を国安法違反の容疑で逮捕した。

香港政府は国安法施行後、この日までに二十一人を逮捕したが、当初は「香港独立」の旗を持つ市民らを現行犯逮捕するにとどまっていた。周氏をはじめ、活動家には、国安法の施行後は政治活動を控え、ツイッターでの発信をやめた人も多かった。梁氏や周氏の逮捕は、今後は海外に発信力のある活動家にも捜査のターゲットを広げる動きとして香港社会に衝撃を与えた。

若者たちの意識の変化

香港の若者たちを取材してきた野嶋剛氏によると、「雨傘運動」の過程で、若者たちの間に「本土派」と呼ばれる指導者や政党が生まれた。この言葉は誤解を呼びやすい。沖縄では沖縄を除く日本を「本土」と呼び、中国においても香港以外の中国を「大陸本土」と呼ぶことがあるからだ。しかし香港で「本土派」といえば、「香港を故郷とするグループ」を指す。伝統的な「民主派」が、香港の自由と民主を守ったうえで、大陸にも自由化や民主化を期待したとすれば、香港の「本土派」の若者たちは、「大陸のことはもう、いい。香港に活動範囲を絞り、香港の自由と民主に専念する」と考える傾向が強いという。中国当局に何かを求めるのではなく、返還後五十年は保障されるはずの「高度な自治」を守る、という立場だ。

こうした若者たちの意識の変化について、香港では〇九年に高校の必修科目になった「通識教育」の影響を指摘する声も多い。これは中国が求める「愛国教育」とは一線を画し、「報道の自由」など、西側世界と通じる時事問題をテーマに議論し、考える教養科目だ。「雨傘運動」で前面に出た若者たちは、そうした「通識教育」で学び、「愛国教育」の導入に反対した世代と重なっている。

香港返還の一九九七年に生まれた世代は、もう二十三歳になった。

返還以前を知る世代は、英国の植民地統治下で、真の「民主」も、本当の「自由」もなかったことを知っている。植民地に与えられた制約のもとで、ただ「経済」のみに専念することしか、許されなかった世代だ。

だが返還後の世代は、「一国二制度」で保障された「民主」や「自由」が所与の前提であり、それが実現しきれていないことを疑問に思い、剥奪されることには激しい抵抗感を覚える。

つまり、彼らにとって、生まれ育った香港は、かつてのように「借りた時間、借りた場所」のかりそめの地ではなく、どれほど大陸からの激流に洗われ、しぶきにさらわれようと、爪を立ててへばりつき、決して手放してはいけない小さな堅い、「自由」という名の岩礁なのである。

洋上の「ベルリンの壁」

今回の国安法の施行の後、訴追を恐れて海外へ脱出する活動家が少なくない。香港メディアは八月二十七日、船で台湾に逃れようとした香港の民主活動家ら十二人が、二十三日に南シナ海の海上で中国海警局に不法出国の疑いで身柄を拘束された、と報じた。拘束されたのは、国安法違反の疑いで香港警察に逮捕され、保釈中だった民主活動家の李宇軒氏らだった、という。

野嶋剛氏はこうした報道を見聞きして、「香港と台湾の間に、新しい『ベルリンの壁』が生まれつつあるのではないか」と直感的に思ったという。

「返還前、西側の香港と中国側の深圳の境界は厳しく管理され、簡単には出入りができなかった。返還後は、香港に特別の地位が与えられ、往来は自由になった。だが将来、香港が完全に中国化されたら、冷戦下に壁を越えて西側に脱出しようとした人が銃殺されたように、香港と台湾の間に、超えられない洋上の『壁』ができるのかもしれない」

その場合、洋上の「壁」は米中の「新冷戦」の象徴だろう、と野嶋氏は言う。

つまりは、こうだ。香港は冷戦下においても、中国という「帝国」と、米英という西側諸国の「帝国」の辺境が交わる地であり、その均衡点を保つ土地だった。その二つの帝国の力関係が変わり、中国は膨張と成長を続ける一方、かつて覇権を唱えた米英は相対的に凋落の道を歩み始め、そのバランスが崩れつつある。二つの秤が均衡を保つことを条件に設計された「一国二制度」は、まだ期間の半ばにまで達していないのに、大きく揺れ始めたのだろう。

野嶋氏は、最近の米国内の対中観を見て、「七〇年代体制の終わり」を感じるという。一九七二年二月に当時のニクソン米大統領は電撃訪中をして、米中共同宣言を出し、世界を驚かせた。中ソ対立の間隙を衝いて中国と手を結び、対ソ包囲網をさらに強めるという狙いからだった。

旧ソ連が崩壊し、冷戦が終わっても、西側は中国にいかにコミットし、国際社会の一員として責任ある態度を取らせるかを、基本戦略としてきた。二〇一〇年ごろまでは、米国でも日本でも、中国をいかに民主化させ、社会改革に舵を切らせるかという議論が盛んで、それが「親中国派」の期待であり、論拠でもあった。だがここ数年、南シナ海をめぐる基地建設などで、中国に覇権を唱える傾向が強まり、今回の香港介入で、かつての「親中派」の存立基盤は失われたかに見える。かりにトランプ政権が終わり、バイデン民主党政権が誕生しても、「七〇年代」から続いた「コミットメント戦略」が往時の勢いを取り戻すことはないだろう、と野嶋氏は言う。

「自由なき香港」の行方

戦後、西側と東側に分断占領されたドイツで、東側に囲まれたベルリンだけは、特別の地位にあった。旧ソ連軍が米英軍に先駆けてベルリンの西側まで占領したため、ベルリンだけが東の統治区域に浮かぶ「陸の孤島」になってしまったからだ。

一九四八年に旧ソ連は、西側が統治するドイツとベルリンを結ぶ陸上路を封鎖したが、アメリカは大空輸作戦で物品を大量空輸したため、旧ソ連は十か月後にベルリン封鎖を解除した。しかし、その後も往来自由なベルリン経由で難民が西側に流入する動きが続き、旧ソ連は一九六一年八月、西ベルリンとの間に「壁」を建設し、動きを遮断するようになった。これが、一九八九年に民衆によって壊された「ベルリンの壁」だ。

「洋上のベルリンの壁」という野嶋氏の言葉を聞いて、私は香港駐在時の〇九年に会った民主派の長老、香港の民間団体連合「支連会」主席の司徒華氏の言葉を思い出した。当時は天安門事件から二十周年で、香港でもようやく、天安門事件の秘話が明かされるようになっていた。

天安門事件の学生指導者のかなりの人は世界に散って亡命したが、その脱出を支援したのが「黄雀行動」(英語名イエローバード作戦)と呼ばれる地下活動だった。名乗り出たのは、密輸で財を成した裏社会の大立者・陳立鉦氏で、文化大革命当時、中国から香港に泳いで逃げてきたという人物だった。

一方当時「支連会」も、天安門事件の指導者と密かに連絡を取り始めており、「支連会」が脱出者の選定と受け入れを担当し、陳氏らが実行役を請け負うという分業体制ができた。

作戦には十隻以上の快速艇や数隻の中国式帆船、二隻の大型貨物船が使われ、八九年六月から十二月までに百三十三人を脱出させた、という。陳氏が抜けた後は、支連会が引き継ぎ、総計三百人の学生や知識人を逃したという。

ところで、なぜ作戦を「黄雀」と名付けたのか。私がそう尋ねると、司徒華氏は達筆で紙にこう書いた。

抜剣悄羅網　黄雀得飛飛
飛飛磨蒼天　来下謝少年

曹操の子、曹植の漢詩「野田黄雀」の一節だ。この詩は兄の曹丕に狙われた曹植が、次々に捕らわれる側近を網の中の黄雀にたとえ、剣を抜いて網を裂き、その黄雀を空に逃がす心情を託した詩だという。司主席はそう言ったあと、紙に次の言葉を書いた。

今天的北京就是明天的香港

今日の北京は、まさに明日の香港だ。天安門の活動家を逃した香港人の心情は、それが明日の我が身だという決死の覚悟に根ざしていたという意味だ。

香港は、大陸からの移民や難民で膨張を続けた町だ。国共内戦では上海や広東から大量の難民が押し寄せ、文化大革命の時代にも、多くの若者が海を泳いで渡って香港に逃れた。それは、かりそめの安住の地であっても、香港にはつねに「自由」の灯が点っていたからだろう。

香港は「一国二制度」という「民主」と「自由」の保障によって、中国の特別行政区になった後も、特殊な地位を保ち、金融センターとして、あるいは中国ビジネスの司令基地として、繁栄を続けてきた。だが、今後も

「中国化」が続くなら、香港の魅力は失せ、その繁栄すら危うくなるかもしれない。

私はコロナ禍の中で、かつて何度も登ったビクトリア・ピークからの夜景を思い出した。かつて大陸中国から遠望するその華やかな光景は、資本主義の繁栄の極みであり、富への憧れを一身に受けとめる象徴でもあった。

だがそれは同時に、香港に住む市井の人々が、かつては難民として憧れ、あるいは大陸の騒乱から逃れて求めた「自由」の灯台の灯でもあったろう。

今は、隣接する深圳の町並みの方がずっと高く、華麗に、モダンなスカイラインを誇示するようになった。そうした現代中国の威信や隆盛に比べれば、香港の夜景はむしろ、みすぼらしくさえ映る。

だが、自由を失わない限り、香港は香港だ。どれほど力ずくで抑え込もうとしても、香港の人々は悲惨でも自由な、小さく堅い岩礁にしがみつき、「借りた時間、借りた場所」を守り続けようとするだろう。

コロナ禍の最中に、香港からの報道を見ながら、何度か思い出した昔ばなしがある。出典は定かではないが、たぶん中世の寓話なのだろう。こんな話だ。

圧制のもとで死刑に処せられそうになった男が、王様に命乞いをして、こういう。もし一年間のあいだに、王様の愛馬に歌を教え込めたら、その時は減刑してほしい、と。仲間から、そんなことは無理だといわれ、男がこう答えたという。

「一年あれば、王が死ぬかもしれない。馬が死ぬかもしれない」

もうすぐ香港は、「一国二制度」が保障された五十年の折り返し点を迎える。多分、香港は屈しない。あとの二十五年で何が起きるのか、香港の人々は時を稼ぎながらじっと耐え、この先の中国の変化を固唾を呑んで見守るだろう。

これは遠い異国の地の話ではない。

今日の香港は、明日のこの国になるのかもしれないのだから。

賢治と啄木——「北方文化圏」の旅

近代日本の文学者で、姓ではなく名前や雅号で呼ばれる人は、ごく限られている。夏目漱石、正岡子規、森鷗外、島崎藤村、石川啄木、宮沢賢治、北原白秋、若山牧水らの名が浮かぶ。与謝野鉄幹・晶子の場合は夫婦共に名高いので、区別する意味で名前を採った例だろう。村上春樹が「ハルキ」と呼ばれるのも、村上龍と区別する意味合いがある。芥川、直木、谷崎、志賀、井伏、遠藤、吉行、大江らは姓だけで通じ、名前だけを取り出してもどこか落ち着きが悪い。

ではなぜ、ごく一握りの人々が、名のみで呼ばれるようになったのか。すぐに思いつくのは、彼らの姓はありふれているのに、名が特異で独創的なものだからという説明だ。だがそうした例なら、坪内逍遥、堀口大學、堀辰雄らにも当てはまる。

冒頭に挙げた人々に共通するのは、詩や短歌、俳句などでも広く知られていたことだ。

漱石の場合は俳句や漢詩、鷗外も訳詩集「於母影」や韻文「ファウスト」の訳で影響を与えた。藤村も小説を書く前は「若菜集」などのロマン派詩人として名をなした。これらは人麻呂、定家、西行、一茶、芭蕉、蕪村など連綿と続く雅号の伝統の延長線上にある。

だがこのうち、漱石、啄木、賢治の三人は、かなりユニークな位置を占める。それは、三人の作品が、百年以上経った今でも、注釈なしで読めるという点だ。もちろん漱石文学にも、すでに廃れた慣習や風俗、消えた身の周りの品々が多く描かれているから、若い人には注釈が必要だろう。

では啄木や賢治はどうか。啄木の短歌は、当時を全く知らない子どもでも理解できるし、賢治の童話や詩も、注釈はほとんど要らない。百年以上にわたって子どもにも読み継がれるという点で、この二人は文学史に独特の場所を占めている。

１８８６（明治19）年、今の盛岡市にあたる日戸村に生まれた石川啄木は、１９１２（明治45）年、26歳で没した。１８９６（明治29）年に今の花巻市に生まれた宮沢賢治は１９３３（昭和８）年、37歳で没した。二人に共通するのは、当時の盛岡中学（啄木の当時は盛岡尋常中学、現・盛岡第一高校）に籍を置いたことだ。啄木は途中で退学したが、入学でいえば賢治の11年先輩にあたる。つまり二人は、盛岡で約10年の青春期を送った点で共通しており、盛岡市には、旧第九十銀行を改装した「もりおか啄木・賢治青春館」もある。

その特別展で見たのだが、作家の内館牧子さんのエッセイによると、岩手には啄木派と賢治派という二大派閥があり、盛岡の居酒屋に行けば、その両派が掴みかからんばかりに甲論乙駁の論争を繰り広げるのは日常茶飯事なのだという。

これは私にも覚えがある。私は長い間「啄木派」で、「賢治派」には与しなかった。理由は簡単だ。幼児のころ、宴席では大人が立ち上がって好きな啄木の歌を、同じ節回しで歌うのが恒例だった。それを父親の膝のうえで聞くことがしばしばだったから、私は啄木を「北海道の歌人」と思い込んで育った。

他方、賢治の方は、小学校の教科書で「虔十公園林」を読み、「注文の多い料理店」などの童話にひかれたものの、長じてからは、その詩のテキスト解釈をめぐって議論を戦わせる専門家や研究者があまりに多く、距離を置くようになった。いわば、「賢治派」への敷居があまりに高く、閉鎖的な世界を形づくっているように思えた。

賢治の文学世界が急に身近に感じられるようになったのは、２０１１年3月11日に起きた東日本大震災だった。

阪神大震災などの災害や紛争を取材する機会が多かった私は、その月いっぱいで新聞社を早期退職することを決めていた。最後の仕事が、東日本大震災を取材することだった。発災から一週間目、ジェット機で上空から被災地を見た翌日、緊急車両に登録した車で、一週間にわたり東北三県を見て回り、新聞や雑誌に記事を書いた。最後の記事を出稿したのが3月末日、在籍最後の日だった。

東北取材に出発する前、私は東京・八重洲のブックセンターに立ち寄った。東北の道路地図を買うためだった。計画停電のため薄暗い店内には、ほとんど人影がなかった。出発をはやる気持ちを抑え、何かこの取材の役に立つ本はないかと視線を走らせたとき、電話帳のように分厚い一冊の本の背表紙が目に飛び込んできた。

萌黄色のカバーに包まれた第三書館の「ザ・賢治」だ。大活字版の本には「全作品全一冊」と書かれていた。

ひっつかむようにその本を買って震災取材に出た。不思議なのは、その本の隣には同じ版元の「ザ・啄木」も並んでいたのに、迷わず賢治を選んだことだ。取材では花巻市にある宮沢賢治記念館も訪ねたが、もちろん休館だった。結局私は現役最後の長文ルポをこう締めくくった。

明治の三陸津波の年に生まれ、昭和の三陸津波の年に逝った詩人がいる。後者の災厄の四日後、友人あての葉書きにこう記した。「被害は津浪によるもの最も多く海岸は実に悲惨です」。それでも彼、宮沢賢治が残した「雨ニモマケズ」の詩を心の支えに、被災地の人は、凍てつく無明の夜に耐えている。

帰郷した私はその後、フリーの立場で札幌を拠点に東北の被災地に出かけ、継続取材をするようになった。その間、ずっと「ザ・賢治」を携え、出張先で読みふけった。一つ一つの童話や詩が、降るとたちまち消える淡雪のように胸に染み入るのを感じた。それは啄木の歌と同じように、わずかの言葉の中に豊穣な世界を閉じ込めた「壺中の天」のように思えた。入るのはたやすいが、その意味を汲みつくすのは難しい。

その後、私は徳間書店から「宮沢賢治と石川啄木」というムック版の雑誌作りを頼まれ、二人の作品から六つずつの作品や言葉を取り上げ、その解説を書いた。震災翌年の秋に出た雑誌だから、当然、東日本大震災を意識した企画になった。「3・11後」に啄木と賢治を読めば、何がみえてくるのか、というテーマだ。

評伝や関連書を読み進むにつれ、二人には、さらに似通った面があることも知った。いずれも、若いころに上京して文学で身を立てようとしたが、挫折した体験があった。

もう一つは、その死後に、友人や知人の尽力で作品が刊行され、高い評価を確立したことだ。啄木は19歳で処女詩集「あこがれ」、24歳で第一歌集「一握の砂」を出版したが、高い評価を得たのはその死後に、歌人の土岐哀果（善麿）らが「悲しき玩具」などを出版してからだ。啄木は生涯、小説家として世に出ることを望み、短歌は彼にとってその無聊をかこつ「悲しき玩具」にすぎなかった。賢治も28歳で「春と修羅」と「注文の多い料理店」を出版するが、見事に売れなかったという。だがその作品はダダイストの辻潤、詩人草野心平らに高く評価され、死後に続々と著作が刊行された。

こうして眺めると二人は、画家ゴッホのように「生前は中央であまり認められず、死後に評価が高まった不遇な芸術家」という類型に入るかのように思える。

これが一般に流布した二人のイメージともいえるだろう。

だが、そうなのか。ここ数年、二人の足跡をたどってきて、私はそれとは違うイメージを紡ぐようになった。結論を先に書こう。

啄木と賢治を、「岩手vs東京」の対立項で見るのは間違っている。二人は北海道を旅することで文学に開眼し、東北・北海道という「北方圏」の広がりで世界を見るようになった。つまり、「辺境」に育った二人が「中央」で挫折をしたのではなく、「北方圏」という独自な文化圏を自覚したことで、「中央」に対峙する独自の文学世界を造り出したのだ、と。なぜそう思うようになったのか。それが、この小文のテーマだ。

長い前置きになった。これからは、二人の北方体験の歩みをたどり、そこから一転して、２０２１年に世界文化遺産に登録された「北海道・北東北縄文遺跡群」の意味に触れる。その遺跡を訪ねたことが、この文章を書く直接のきっかけになったからだ。

啄木、北方の漂泊

北海道での漂泊が、啄木の「一握の砂」に大きな影響を与えたことは、広く知られている。１９０７年、曹洞宗の住職をしていた父親の一禎が宗費滞納のために住職再任を拒否されて出奔し、石川家は窮した。二年前に節子と結婚した啄木は、渋民尋常高等小学校の代用教員を辞め、新生活を切り拓くため、その年5月、函館の苜蓿社同人・松岡蕗堂らを頼って渡道する。函館では文学仲間の後押しで代用教員の職を得て、節子と前年に生まれた長女の京子を呼び寄せて青柳町に居を構えた。

函館の青柳町こそかなしけれ
友の恋歌
矢ぐるまの花

8月には教員在職のまま「函館日日新聞」の遊軍記者となり、母カツも呼び寄せて一家は離散に終止符を打つ。

だが、それもつかの間、8月25日に函館は大火に見舞われ、在籍する小学校も新聞社も焼失する。追われるように啄木は友人の斡旋で、北門新報社の校正係になるため札幌に向かう。

しんとして　幅広き街の
秋の世の
玉蜀黍の焼くるにほひよ

だが札幌滞在は二週間ほどに留まり、創業する小樽日報社に参加するため一家は小樽に移る。

かなしきは小樽の町よ
歌ふことなき
声の荒さよ

だが職を得たのもつかの間、12月には事務長に暴力をふるわれたのをきっかけに啄木は小樽日報社を退職し、妻子を残したまま、翌年1月には、同じ社長が経営する釧路新聞社に向かう。ここでは編集長格で健筆をふるい、花柳界にも出入りして芸者小奴らと親密になる。

小奴といひし女の
やはらかき
耳朶なども忘れがたかり

だが文学的声名を求める啄木は、4月には家族を函館の宮崎郁雨に預け、在京の友人、金田一京助を頼って単身上京することになる。

釧路在住は76日間、北海道にいた期間を全て合わせても一年間に満たない。彼は短すぎる晩年に、小説への野心を捨て、生き急ぐかのように歌を詠む。だが、奔流のように押し寄せる歌心の源泉は、華やかな東京ではなく、鬱勃とした心を抱えて北海道を漂泊したこの北海道体験だったろうと思う。彼の歌に襞のようにまとわりつく寂寥や流離の色は、彼が慌ただしく駆け抜けた北方圏で身に着けた感性に他ならなかった。

石をもて追はるるごとく
故郷を出でしかなしみ
消ゆる時なし

この歌から多くの人は、啄木が郷里を追われて文学を志したものの、挫折と困窮のもとに夭逝した薄幸の詩人のイメージを思い浮かべるだろう。だが故郷を出て東京で病死するまで、一年足らずの北海道漂泊体験がなければ、彼の望郷の思いは、ここまで切々たるものにはならなかったろう。彼の歌が、逆境への恨みや嘆きにとどまらず、澄明な抒情にまで高まって共感を誘うのは、その生来の見栄や増上慢をへし折り、激情を濾過する装置としての漂泊が欠かせなかった。

啄木の没後百年を記念した「石川啄木の世界への誘い」には巻末に、全国の啄木の歌碑一覧が載っている。その時点で百七十四ある歌碑のうち、盛岡市の六十六など岩手が圧倒的に多いが、釧路の二十四など北海道内も四十以上に及ぶ。晩年を過ごした東京などにも散在するが、その足跡を残す地は大半が北方であり、まさに「北の歌人」といっていい。

宮沢賢治の北方行

それでは、賢治はどうか。手もとにある「宮沢賢治の碑」（吉田精美編著、２０００年）によると、その時点で九十一あった賢治の碑のうち、出身の花巻市に二十五など、岩手県内にあるのは計六十九で、岩手のローカル色が極めて濃い。あとは北海道の三つや東北に散在し、東京以南では「雨ニモマケズ」など、小学校などに「人生訓」として建てられたものが多い。

ではなぜ、啄木と並んで賢治を、「北方文化圏」に目覚めた人というのか、読者は疑問に思うことだろう。賢治は大半を岩手に過ごし、郷里に根ざした王国「イーハトーブ」を仮構した文学者だ。漂泊とは縁もゆかりもなく、想像と空想を梃子に比類のない独自の文学空間を紡いだ人といえるだろう。

私が賢治と「北方文化圏」のつながりに注目するようになったのは、一冊の本がきっかけだった。三年前に出た札幌新陽高校編の副読本「青の旅路　宮澤賢治と北海道」である。

これは国語教師の高橋励起（こうき）さんが、生徒と共に北海道での賢治の足跡を追いかけ、「札幌市」など、ゆかりの詩編や、「銀河鉄道の夜」などを収めた本である。

それによると、賢治は生涯に三度、北海道を訪れた。最初は１９１３（大正２）年、彼が在籍した岩手県立盛岡中学校の修学旅行の時だった。二度目はそれから十年後の１９２３（大正12）年、岩手県立花巻農学校（現・花巻農業高校）の教諭として、教え子の就職斡旋のため、北海道を経由して樺太まで足を運んだ時だ。そして三度目は、１９２４（大正13）年、修学旅行の引率で訪れた時である。

その三度目の年の5月15～23日にかけて、賢治と生徒は道内を巡った。「青の旅路」に収められた「修学旅行復命書」によると、一行はまず汽車で小樽を訪れ、高等商業学校を参観した。今の小樽商科大学の構成母体である。小樽公園で湾に浮かぶ駆逐艦や潜水艇を眺め、再び汽車で銭函を経て札幌に向かう。

農学校の修学旅行らしく、一行は直ちに植物園に行き、博物館の展示を見た。当時駅前にあった山形屋旅館に宿を取り、賢治は電車に乗って生徒たちを中島公園に引率し、池のボートで遊び、帰途は賑わう狸小路の夜店を冷やかし、宿に帰った。ちなみに、札幌停車場から中島公園までの馬車鉄道が路面電車になったのは、その六年前の8月、「開道五十年」を記念して中島公園で北海道大博覧会が開かれた時だった。農学校で教える賢治は当然、博覧会で開かれた農業、園芸、林業、鉱業などの展示について聞き及んでいたことだろう。

翌日、一行は札幌麦酒の工場と帝国製麻会社を参観し、北海道帝国大学に向かう。ここでは札幌農学校一期生で花巻出身の初代総長・佐藤昌介が旅行の予定を先延ばしにして一行を待ち受け、農業のこれからについて訓示を述べ、学生食堂で菓子と牛乳の宴でもてなした。賢治たちはその後、農学部や農場、畜舎、医科教室などを見て回り、最新の技術や科学の成果に接した。さらに一行は再び中島公園に向かい、植民館で北海道開拓の歴史の展示を見た。彼は未開の土地に送られた「内地敗残の移住民」が技術者の指導のもとに耕作に励み、「圃地次第に成り陽光漸く遍く交通開け学校起り遂に楽しき田園を形成するまで誰か涙なくして之を観るを得んや」と目をみはり、「恐らくは本模型の生徒将来に及ぼす影響極めて大なるべし」と書いた。

この後一行は苫小牧、白老、室蘭を訪れ帰途についた。

こうした旅のさなかに賢治は「春と修羅第二集」に収めた「津軽海峡」「函館港春夜光景」「馬」などの心象スケッチを残した。だが、滞在中に何度か改稿を重ねたはずの「札幌市」という詩は下書きがなく、約三年後の１９２７年３月28日の日付で書かれ、「春と修羅第三集」に収められた。次の心象スケッチだ。

札幌市
遠くなだれる灰光と
貨物列車のふるひのなかで
わたくしは湧きあがるかなしさを
きれぎれ青い神話に変へて
開拓記念の楡の広場に
力いっぱい撒いたけれども
小鳥はそれを啄まなかった

「青の旅路」冒頭にこの詩を収録した高橋さんは、「開拓記念の楡の広場」とは大通公園六丁目にある開拓記念碑と、その前に広がるケヤキの広場だろうと書いている。そして「賢治は札幌滞在中どこかのタイミングで、この場所に訪れ、湧きあがるトシへのきれぎれの想いを力いっぱい楡の広場に撒いたのだ」としている。トシとはもちろん、１９２１（大正10）年11月に結核のため二十四歳で死去したふたつ違いの妹トシのことだ。彼女は花巻高等女学校から日本女子大家政学部予科に進んだ才女であり、賢治の最大の理解者だった。彼女の死がいかに大きな衝撃を与えたのか、その想いは、展翅板にピンでとめられた蝶の羽根のように、「永訣の朝」で打ち震えている。

ここには重要なモチーフが立ち現れている。そう感じた私は三年前の夏、札幌新陽高校に高橋さんを訪ねた。高橋さんは「札幌市」の詩編に、「オルフェウス」の神話を読み取れると考えていた。ジャン・コクトーの「オルフェ」やマルセル・カミュの「黒いオルフェ」などの映画でおなじみのオルフェウスである。

ギリシャ神話の「オルフェウス」は、竪琴の名手でもある吟遊詩人のオルフェウスが、毒蛇に咬まれて死んだ妻を冥府に訪ね、琴の音で冥界の王に妻の再生を希い、許される話だ。王は「冥界を出るまで決して振り返るな」という条件で帰還を許すが、あと一歩のところでオルフェウスは妻を振り返り、それが永訣となった。悲しみに暮れたオルフェウスが奏でる竪琴の音色で生まれたのが楡の木だった、という伝説があるという。

詩人の天沢退二郎氏は、「銀河鉄道の夜」の基盤に「オルフェウス神話」の原型があるという説を唱えた。死んだカムパネルラは妻であり、彼と共に死の国を旅しながら現実の世界に戻らざるを得ないジョバンニはオルフェウスであるとの説だ。ジョバンニが「銀河ステーション」に赴く直前に見るのが「青い琴の星」だった。いうまでもなく、召されたオルフェウスの化身となった琴座のことだ。

高橋さんはこの説を踏襲したうえで、「札幌市」の詩編を読み直す。「青い神話」や「開拓記念の楡の広場」といった詩句は、オルフェウス神話への言及とも読み取れる。実際、修学旅行引率中に書かれた「函館港春夜光景」には、「そこに喜歌劇オルフィウス風の　赤い酒精を照明し」という詩句があるから、その旅で賢治の脳裏に神話が浮かんでいたことは大いにありそうなことのように思える。だが、それ以上に高橋さんが重視するのは、賢治の二度の来道が、トシの死の直後で、しかも「銀河鉄道」の初稿が書かれた時期に重なっている点だという。

トシの死は１９２１年。樺太まで旅したのは１９２３年。修学旅行で訪れたのが１９２４年である。「銀河鉄道」は１９２４年に原稿用紙十五枚足らずの第一稿が書かれ、少なくとも四度の改稿を経て晩年に残した八十三枚の最終稿になる。つまり、二度の北海道への旅が、「銀河鉄道」のモチーフに結晶したのではないか、というのだ。高橋さんは言う。

「ジョバンニはカムパネルラと北に向かって旅をし、魂を取り戻した。賢治は青森から函館に向かい、札幌や苫小牧を経て室蘭、青森経由で岩手に戻る。その旅路そのものが、黄泉の国をめぐり、トシと再会する道行きだったのかもしれません。賢治はトシの死から半年間は何も書いていません。樺太への旅の途中で青森挽歌やオホーツク挽歌などで詩心を取り戻し、堰を切るように再び創作に向かいます。その意味で、北方行は、賢治が再び創造に目覚めるきっかけになったのかもしれません」

サハリンの賢治

高橋さんの言葉を聞いて、私は2017年の夏に訪ねたサハリンのことを思い出した。前号の「逍遥通信」でも触れたが、私はその年に道立文学館で開かれた「アントン・チェーホフの遺産」展で講演するために、サハリンを訪ねた。チェーホフは三十歳の年に辺境の流刑地を訪ね、克明な記録「サハリン島」を書き残した。私の旅はその作品の舞台や背景を再現したユジノサハリンスクの「サハリン島文学記念館」を訪ねるのが主な目的だったが、もう一つ、どうしても訪ねてみたい土地があった。

それは、1923（大正12）年夏、賢治が教え子の就職を依頼するため訪れた樺太で、「オホーツク挽歌」の着想を得た栄浜（現スタロドゥプスコエ）に行くことだった。賢治はその年、7月31日に花巻を出発し、青函連絡船で8月1日に函館に着いた。途中で想を得た「青森挽歌」には、次の詩句がある。

とし子はみんなが死ぬとなづける
そのやりかたを通って行き、
それからさきどこへ行ったかわからない
それはおれたちの空間の方向ではかられない

賢治は札幌を通り、旭川から稚内に向かって8月3日、その年に運航を始めた定期航路で樺太の大泊(現コルサコフ)に着いた。途中、想を得た「宗谷挽歌」に次の詩句がある。

けれどももしとし子が夜過ぎて
どこからか私を呼んだなら
私はもちろん落ちて行く。
とし子が私を呼ぶということはない
呼ぶ必要のないとこに居る。
もしそれがそうでなかったら
(あんなひかる立派なひだのある
紫いろのうすものを着て
まっすぐにのぼって行ったのに。)
もしそれがそうでなかったら
どうして私が一緒に行ってやらないだろう。

もちろん、一連の「挽歌」は、トシへの追悼と、引き裂かれた別離の苦しみを吐露した賢治の心象風景だ。賢治はこの日、大泊から豊原(現ユジノサハリンスク)に向かい、王子製紙に先輩を訪ね、教え子の就職を依頼して社宅に泊まった。そして翌日、日本の領土では鉄道で行ける最果ての栄浜に向かった。賢治はここで浜辺をさまよい、虚しくトシとの交信を希う。「オホーツク挽歌」に次の詩句が見える。

わびしい草穂やひかりのもや

緑青は水平線までうららかに延び
雲の累帯構造のつぎ目から
一きれのぞく天の青
強くもわたくしの胸は刺されている
それらの二つの青いいろは
どちらもとし子の持っていた特性だ
わたくしが樺太のひとのない海岸を
ひとり歩いたり疲れて睡ったりしているとき
とし子はあの青いところのはてにて
なにをしているのかわからない

賢治はその後豊原に戻ったが、8月7日に豊原公園周辺の鈴谷平原にいたことを除くと、その足跡は不明だ。次に想を得たのは、8月11日、帰途の車中で眠りから醒めてうたった「噴火湾（ノクターン）」である。その翌日、賢治は長い旅を終えて岩手に戻る。「噴火湾」に次の詩句がある。

一千九百二十三年の
とし子は優しく眼をみひらいて
透明薔薇の身熱から
青い林をかんがえている

こうした詩編を続けて読めば、賢治の北方行がすべて、妹トシの俤を求め、その死の意味を受け容れる過程であったことがわかる。熱情から受苦へ、受苦から祈りへとたどりつくまでの哀悼の旅路だ。

サハリンへの旅

私は２０１７年8月16日、新千歳空港からオーロラ航空に乗って一時間二十分でユジノサハリンスクに着いた。時差があるため、着いたのは北海道時間よりも二時間早い午後八時過ぎだった。

空港で出迎えてくださったのは、北海道銀行から出向していた北海道サハリン事務所の達田暢さんと、翌日からの通訳をお願いしたニコノヴァ・サーシャさんだった。

ガガーリン・ホテルに投宿し、その夜は近くのバールでベーコンと鶏肉の串焼きを注文し、ビールを飲みながら、達田さんにレクチャーをしていただく。

「サハリンの面積は北海道とほぼ同じです。ただし、ロシア発表の面積は、日本政府発表より少し大きい」

謎かけ問答のようだが、その差は「北方領土」を含めるかどうかなのだという。サハリン州は日本が領有権を争う「北方領土」を抱えている。それを含めれば、北海道よりやや大きくなるのだという。

「面積が同じだとして、人口は北海道の十分の一の約四十九万人。ユジノサハリンスクの人口は約二十万人ですから、北海道と札幌の関係に近いのです」

さすが金融マンらしく、数字は的確で、わかりやすい説明をしてくださった。

単身赴任して二年近くになるという達田さんは、進出企業と地元企業のマッチングが主な仕事という。すでに北海道医療大学などの教育機関、土木建設や防雪対策メーカー、作業用品卸売企業などがサハリンの企業などとの連携に取り組んでいるという。

だがサハリンと言えば、ロイヤル・ダッチ・シェルや三井物産、三菱商事による「サハリン２プロジェクト」などのエネルギー事業が名高い。「サハリン２」は、サハリン沖の大陸棚で石油・ガスを採掘し、島南部のプラントで液化天然ガス（ＬＮＧ）にして輸出する事業で、２００９年に稼働した。２０１１年3月の東日本大震災と福島第一原発の事故で全国の原発が停止した際、ロシアは日本向けのＬＮＧ輸出量を増やし、日本は、からくも火力発電で急場をしのいだ。目には見えないが、資源小国の日本にとってサハリンは、重要な土地なのである。

言うまでもなく樺太は、１８７５（明治8）年の樺太千島交換条約によって、全島がロシア領になった。チェーホフが来島した１８９０年は、その時期にあたる。ところが１９０４（明治37）年に勃発した日露戦争で翌年に日本は全島を占領。ポーツマス条約によって北緯50度を境に北がロシア、南が日本領になった。１９０８（明治41）年に第三代樺太庁長官になったのが農商務官僚平岡梓の父、つまり三島由紀夫の祖父にあたる平岡定太郎だった。

１９４５（昭和20）年8月8日にソ連は対日宣戦公布をして旧満州と南樺太に侵攻し、8月28日、樺太の日本軍が武装解除を受け、ソ連政府が全島を支配した。

日本領の南樺太は四十年間続き、最大で四十万人の日本人が暮らす土地だった。もちろんそこには、樺太アイヌら先住民の人々や、当時日本の植民地にされた韓国・北朝鮮の人々も多く暮らしていた。

いずれにせよ、宮沢賢治が訪れたのは、そうした日本領・南樺太の地だった。

翌朝九時半、私はサーシャさんの迎えで賢治がさまよったという栄浜を目指した。その日の早朝の散歩で、私はユジノサハリンスクが、あまりに札幌の町と似通っていることに驚いた。まだ盛夏で太陽の光は強かったが、光線は冷涼な大気に濾過されたかのように澄み渡り、街並みや街路樹の輪郭を際立たせている。道路は広く、碁盤の目をしており、これも札幌や帯広に近い。何よりも、町の間近に見える旧旭丘展望台（ゴールヌィ・ヴォーズドゥフ）のある山並みが、藻岩山の稜線のようになだらかで親しみを覚えた。町を行くロシア人がいなければ、ここは札幌かと勘違いしそうなほど、雰囲気がよく似ている。

二十八歳のサーシャさんは、国立サハリン大、国立サンクトペテルブルグ大学院で日本語を学び、日本文学にも詳しい研究者だ。その前年には恩師にあたるサハリン大学のエレーナ・イコンニコヴァ教授と共に「日本文学におけるサハリンとクリール諸島　20～21世紀」という本も出版している。日本語が堪能なうえ、南樺太時代の日本文学についても詳しい。そのサーシャさんがいう。

「札幌を初めて訪ねたのは２００６年の夏でした。一か月ほど過ごしましたが、自然や気候があまりよくサハリンに似ているので、異国と思えないほどでした」

そう話す間に車はすでに郊外に出て、両脇には黄色い花が咲き乱れる草原が広がり、牛の群れが草を食む光景が広がっていた。

ウラジオストック近郊の村に生まれたサーシャさんの父親は五十七歳で、情報のセキュリティ会社に勤め、一歳年上の母親はウラジオストック生まれだ。

「サハリンの夏は7月から9月。秋は10月から11月。春が来るのは5月ですね。雪は少ないけれど、冬は長いので、山でスノーボードを楽しむのが唯一の娯楽かな」

若者はその土地の中高年層よりも、国境を越えた同世代に似ている、サハリンでも中学生はサムスンのスマホを持っているのが普通だという。

サハリンで暮らして不満なのは、輸送のコストがかかるため、外国産の食品が異様なほど高いことだという。ロシアらしく、都市部に住む多くの島民は初夏から秋までの週末を、「ダーチャ」というセカンド・ハウスで過ごす。多くは菜園があるので、野菜やベリーには金がかからない。菜園でベリーを育て、路上で売る人も数多い。だがバナナなどの輸入品はモスクワの二倍以上の値段になるという。私も翌日ホテル近くの雑貨屋をのぞき、日本製のインスタントの焼きソバが一つ六百円もするのに驚かされた。

「さあ、着きました」

運転手のウィタリー・モロコフさんがロシア語で言った。今は廃駅になった栄浜の駅跡地だ。剥き出しのコンクリートでできたプラットホームは黒ずみ、近くに井戸が残されていた。そこから丈高い草むらを掻き分けて進むこと十分、遠くに「白鳥湖」と呼ばれる湖水が見えてきた。ナエバ川からの水が注ぎ込み、そこから道路を一つ隔てた先にオホーツク海の群青の水面が広がっている。

川では冬はコマイ、夏から秋にかけては鮭やカラフトマスが獲れるらしく、その日も釣り人の孤影が海の逆光を受け、シルエットになって浮かんでいた。

オホーツク海は、いぶし銀のように底光りしていた。近くにアスファルト工場があるため、そこに出入りする石油・天然ガス開発業者のアメリカ人やオランダ人が多いという。

浜辺には小屋も建物もなく、ただ荒涼としている。海上には、オレンジと青い防水着を身にまとい、ゴムボートに乗った二人のロシア人が、岩礁に沿って網を張っている姿だけが見えた。その先の平たい岩礁から、「クウアッ、クアウッ」という声が響く。

「海豹です。ちょっと覗いて」

サーシャさんから受け取った双眼鏡を覗くと、確かに沖合の岩礁で動くアザラシの群れの姿が見えた。

モロコフさんは先ほどから、海岸の石ころをひっくり返し、何か探しものをしている。

しばらくすると、駆け寄ってきて、手のひら一杯の鈍く飴色に光る石の砕片を見せてくれた。サーシャさんが説明してくれた。

「琥珀です。川から流れ、波で浜辺に打ち寄せられる。ここは琥珀が採れることで有名な浜なんです」

たぶん鉱物に明るい賢治も、この浜を歩いて琥珀を見つけたのではないか。ふとそう思ったのは、賢治が「オホーツク挽歌」を書いた後に過ごした豊原近郊の「鈴谷平原」を描く同名の詩編が、次の詩句で始まっているからだ。

蜂が一ぴき飛んで行く
琥珀細工の春の器械

蒼い目をしたすがるです
（私のとこへあらわれたその蜂は
ちゃんと抛物線の図式にしたがい
さびしい未知へとんでいった）

「スガル」とは、ここではジガバチの古い呼び名だろうか。琥珀には樹脂の粘性にとらわれた虫が入り込むことが多いから、ひょっとすると賢治は栄浜で蜂の入った琥珀を見つけ、その連想から「琥珀細工の春の器械」という表現を思いついたのではないか。もちろん、それは私の妄想に過ぎないのだろう。

栄浜を散策しながら、私はさっきから心に浮かんでいた疑問をサーシャさんにぶつけてみた。

「どうして賢治は、栄浜の浜辺に来たいと思ったのでしょう」

サーシャさんは即答した。

「賢治は最北の地に行けばトシと会えると思った。当時、日本の領土で鉄道で行ける最北の地が、ここ栄浜だったからです」

それ以上に明快な答えはない、と思えた。

［銀河鉄道の夜］

先に触れたように、私は東日本大震災の翌年、徳間書店に頼まれ、「宮沢賢治と石川啄木」というムック版の雑誌作りを頼まれ、二人の作品から六編ずつを選んだ。賢治の作品で第一にあげたのが「銀河鉄道の夜」だ。その解説は次のようなものだ。

賢治が紡いだ作品は、夜空を彩る星座のようだ。「銀河鉄道の夜」は、一際明るくその中心に位置して動かない北極星のような作品といえる。そこに、彼がめざした表現の高みと、彼の宇宙観の全体像が示されている。

主人公は、貧しい少年ジョバンニと、裕福な家に育つ親友のカムパネルラだ。ジョバンニは最近、いじめっ子から、父親のことでからかわれ、寂しい日々を送っている。カムパネルラさえ気の毒そうに見守るだけで、自分の側にいない。宇宙について習った夜、ジョバンニは独りで銀河の祭りを見に出かける。

とその時、突然ジョバンニは、明るい停車場に立ち、現れた銀河鉄道に乗り込んで不思議な旅に出る。カムパネルラも一緒だ。途中で、群がる鳥を捕る奇妙な男が乗り込んでくる。検札に来た車掌に、カムパネルラは鼠色の切符を差し出す。慌ててポケットを探したジョバンニは、紙を探り当てて緑の切符を取り出す。鳥捕りは驚き、「その切符なら、天上どころかどこまでも行ける」と請け合う。

青年に連れられた姉弟が車内に乗り込んでくる。氷山にぶつかって沈む船(注　タイタニック号のこと)に乗っていた子供たちと、その家庭教師だ。姉は夜空に赤く光る星を見て、「サソリの火」だという。昔、小さな虫を食べて生きていたサソリが、イタチに追われ、井戸に落ちて溺れた。サソリは祈った。「どうして私をイタチにくれてやらなかったのか。そしたらイタチは一日生き延びたろうに。神様、次の世では皆の幸いのために私の体をお使いください」

サソリは夜空で真っ赤な美しい火になり、闇を照らすようになったという。

次の駅で三人は降り、天上に消える。ジョバンニはカムパネルラにいう。「僕たち、二人でどこまでも行こう。サソリのように、皆の幸いのためなら、体を百ぺん灼いてもかまわない」。カムパネルラはうなずいたものの、「本当の幸いが何かわからない」という。

と、突然カムパネルラは消え、ジョバンニはまた独り取り残される。

目が覚めたジョバンニは、自分をいじめた子を救うために川に入ったカムパネルラが、水に流され行方不明になったことを知る。

賢治の作品は、どこかでいつも、「生と死」を意識している。誰にでもひとしく訪れる死を、どう受け入れたらよいのか。必ずやってくる死を前に、人はどう生きたらよいのか。目くるめく幻想の交響曲のように、この作品は美しく、かなしい。しかし現実の悲しさを超えた高みを旅するこの物語は、生者にも死者にも、厳しい死の現実を受け入れる勇気を与えてくれる。

「グスコーブドリの伝記」

賢治の作品で二番目にあげたのが「グスコーブドリの伝記」である。その解説をここに引く。

賢治は岩手の心象風景を「イーハトーブ」というドリームランドに見立てた。「セロ弾きのゴーシュ」や「どんぐりと山猫」などの印象が強いせいか、そのイーハトーブが「牧歌的」な森の世界だと勘違いする人が多い。だが彼が生まれ育った当時の岩手は、度重なる地震や津波、冷害による凶作など災害に襲われ、金融恐慌の追い討ちをかけられて、疲弊しきっていた。

「グスコーブドリ」の物語の背景には、その過酷な現実がある。

異常気象で飢饉となり、両親はブドリと妹のネリに食糧を残して森に消えていく。子供を生き延びさせるための自死である。

両親が残した粉をなめて生き延びる兄妹のもとに人さらいの男がやってきて、幼いネリを背中の籠に入れて消えてしまう。行き倒れになったブドリも、見知らぬ男にさらわれ、テグス採りや薪とりの重労働を強いられる。

こうして辛酸をなめたブドリは、イーハトーブの市に行き、クーボー博士に出会うことで人生を切り拓く。博士の紹介で火山局に勤め、七十幾つもある火山の監視に走り回るようになったのだ。サンムトリの噴火が近いことを察したペンネン老技師は、ブドリと一緒に溶岩の流れを変え、市を壊滅の淵から救いだす。火山局はクーボー博士の計画に沿って二百の潮汐発電所をつくり、窒素の雨を降らせて農民を凶作から救う。一時は肥料の配合を間違えた技師が、責任を火山局に押し付けたため、ブドリは群衆に袋叩きにされてしまう。しかし疑いは晴れ、新聞でブドリの活躍を知った婦人が病院を訪ねる。人さらいに捨てられ、百姓の妻になったネリだった。

ブドリが二十七歳の年に、また冷害が襲う。ブドリは火山を爆発させれば、大気中の炭酸ガスが増え、気候温暖化で冷害を防げると気づく。ペンネン技師が「それは老いた自分がやる」というのをさえぎり、ブドリは単身、火山を爆発させるため死地に赴く。

これは、大義のために殉じる「自己犠牲」だろうか。そうではないだろう。ブドリは、火山を爆発させれば確実にネリと子供たちを飢えから守り、平和を取り戻せると知っている。賢治は当時の最先端の科学技術の知識をいかし、「たくさんのブドリやネリ」を生かすために、ブドリに「死」を選ばせた。

それはやみくもな自己犠牲ではなく、「身を捨てても他者に尽くす」という、賢治の目指した生き方そのままだった。

「よだかの星」

賢治の作品の三番目は「注文の多い料理店」、四番目は「オツベルと象」を取り上げたが、ここでは五番目の「よだかの星」を引用したい。

賢治の作品を読んですぐに気づくのは、その革新性だ。同時代の作家の小説は、時代の移り変わりとともに古びて、注釈なしには読み通せない。賢治の作品は、21世紀の小学生でも、読んですぐに理解できる。明治に生まれ、百年の歳月を経てなお新しい文学を切り拓いたのは、賢治以外は啄木だけだろう。

なぜ、かくも革新的な作家が、当時は僻陬の地、岩手から生まれたのだろう。いや、その問いは、転倒させればそのまま答えになる。辺境に育ったからこそ、賢治と啄木は、かくも革新的にならざるを得なかったのだと。

漂泊の歌人・啄木は、故郷を追われることで、短歌の世界にしか現出しない「ふるさと」を見いだした。花巻に留まった賢治は、岩手をイーハトーブと読み替え、土地と時代の固有性を剥ぎ取ることで、後の世に誰でも出入りできるドリームランドを築いた。二人とも、当時の文化の中心である東京から遠く離れ、焦慮と羞恥に身悶えしながら、辺境にいることのマイナス符号を、途方もないプラスの飛躍のバネに変えた。

賢治の文学が今も人の胸を打つのは、彼が自らの「業」と戦い、崇高なほどの精神の高みに到達したからだ。たとえば「よだかの星」は、「銀河鉄道の夜」に出てくる「サソリの星」と同じく、仏教説話の「捨身飼虎」を想起させる。釈尊が飢えた虎の親子を見て、崖から身を投げて救った、という説話である。

たくさんの羽虫を食べて生き延びる「よだか」は、改名をしなければ鷹に殺されるという修羅を経て、虫を殺すことをやめ、空の高みで飢え死にしようと心に決める。最も醜い外見の「よだか」であっても、星になれる。いやむしろ、「よだか」だからこそ、星になれるという願いを秘めた作品だ。

しかし賢治は、自らが信仰する仏教の教義を、そのまま作品にしたのではない。彼の作品には、おぞましい無間地獄を描いた「蜘蛛となめくじと狸」や、底暗い嫉妬の虜となった「神様」を描く「土神と狐」のように、むしろ人間の暗部を抉る小説も少なくない。

そうした「業」を見据えていたからこそ、彼が目指す「放下」や「解脱」の高みには、透明な悲しみと、気高い明るさが宿っているのではないだろうか。

「雨ニモマケズ」

以上、取り上げた三つの作品に共通するものは、「捨身飼虎」を思わせるような放下、「誰かを活かすために自らの身を捧げる」という賢治の信念や死生観の表出であったろうと思う。その点は、今も考えに変わりはない。

ちなみに、六番目に取り上げた「雨ニモマケズ」で私はこう書いた。一部を引用する。

よく知られているように、「雨ニモマケズ」という詩に、表題はない。それは昭和6年、病にあった晩年の賢治が、手帳数ページにわたって書いた一節だ。

書家の石川九楊氏は「近代書史」(名古屋大学出版会)で、賢治の手帳を詳細に分析し、なぜこの詩が生まれたのか、謎に迫っている。石川氏によると、手帳には八箇所にわたって「南無妙法蓮華教」の言葉が書かれていた。賢治が帰依した日蓮宗独特の書体だ。そして「雨ニモマケズ」の前には、「生老病死」の四苦と、「愛別離苦、怨憎会苦、求不得苦、五陰盛苦」の四苦を加えた八苦、つまり仏教でいう「四苦八苦」の文字が書かれている。さらに、「雨ニモ」の後にも、再び「南無妙法蓮華経」の唱名を添えている。ここから石川氏は、この詩は前の「四苦八苦」や、後の唱名とセットで読まれるべき一種の宗教詩だと指摘している。

その説は鮮やかで説得力もあったが、私はかえって「雨ニモマケズ」の詩に一層の親しみを覚えた。「四苦八苦」といえば、およそ人生で体験する全苦痛の総称である。雨にも、風にも、雪にも、そして夏の暑さにも耐え、東西南北の人々の苦痛をやわらげるために奔走し、みんなから「デクノボウ」と呼ばれて、ほめられも、苦にもされない。そういう人物を、賢治は理想像として掲げた。

一切の苦痛に耐え、日照りの時はただ涙を流し、寒さの夏はオロオロ歩くしかない、そうした姿こそが、賢治が生きた東北の人々の現実だったろう。それは、仏教を教養として頭で理解するのではなく、血と肉で苦痛を受けとめ、大地に踏ん張ったまま耐える人間の力を、賢治が心から称えた詩篇であり、人間賛歌といってもいいように思う。

この詩は、人生の総決算として、賢治が私たちに残した至高の贈り物だ。

賢治作品の二重構造

ただ、賢治の北方行をたどった今、こうした解説について、二つの点で大きな修正点がある。

第一は、妹トシの影である。執筆が1921年といわれる「よだかの星」が書かれたのはトシの死の前だから、その影は目立たない。だが、自らの死の前年にあたる1932年に雑誌「児童文学」に発表された「グスコーブドリ」には、はっきりとトシの影が刻印されている。ブドリは再会した妹のネリとその子を飢えから守ることができると知って、身を投じるからだ。これまで見てきたように、晩年まで改稿を重ねた「銀河鉄道の夜」もまた、賢治自身を投影するジョバンニが、妹トシの化身である友人のカムパネルラと共に銀河鉄道を旅し、最後に独り取り残される物語だった。カムパネルラは、ジョバンニをいじめた子を救うために川に入り、行方不明になっていたことがわかる。

つまり、この二つの作品には、賢治が傾倒した法華経の世界と、妻を冥界に追って夢を果たせなかったオルフェウス神話の世界が、二重映しにされているのである。もし賢治が、トシの俤を求めて北海道とサハリンを旅していなかったなら、他人のために自らの身を捧げ、さらにその亡き人を偲ぶという物語の二重構造は、生まれなかったのかもしれない。それが、この小文に『北方文化圏』への目覚め」という副題をつけた意味だ。

もう一つの修正点は、ここから導かれる。

それは、「よだかの星」の解説で書いた次の文章だ。

「二人とも、当時の文化の中心である東京から遠く離れ、焦慮と羞恥に身悶えしながら、辺境にいることのマイナス符号を、途方もないプラスの飛躍のバネに変えた」

今ならこう書くだろう。

「二人とも、当時の文化の中心である東京から遠く離れ、岩手よりも遠い北方を目指すことを通して、自分たちが同じ文化圏にいることに気づいた。二人にとって、岩手は辺境の地ではなく、北に伸びる広大な文化圏の中心地のひとつであり、その文化が中央文化に対峙できるほどの強度と奥行きを保っていることに気づいた。焦慮と羞恥に身悶えしながら辺境にいるというマイナス符号を、途方もないプラスの飛躍のバネに変えたのは、その文化圏への気づきがあったからである」

サハリンと啄木・賢治

最後に、道立文学館が編んだ「アントン・チェーホフの遺産」記録集から、エレーナ・イコンニコヴァさんの講演要録「サハリンと日本文学」のうち、啄木と賢治に関わる一節をご紹介したい。イコンニコヴァさんは、私を「オホーツク挽歌」の地に案内してくれたサーシャさんの恩師であり、「日本文学におけるサハリンとクリール諸島」の共著者である。

１９０５年から１９４５年までの樺太時代には、サハリンでは経済・社会の発展のみならず、地方文学も発達しました。日本からサハリンに渡ってきた作家ばかりでなく、サハリンに生まれ育ち作家になった若い人々も特色ある文学を創作しています。

２０世紀の初め、日本文学の中で最初にサハリンについて書いたのは、石川啄木だと思います。１９０９年の「ローマ字日記」では、友人の金田一京助がサハリンに行くと聞いて、自分も行きたいが渡航費の２０円がないと途方に暮れています。当時の若者の間には、サハリンに行けば夢のような生活ができるような印象があったようです。石川は、「北樺太」のロシア側まで行って政治犯たちとも会ってみたいとも書いています。

（中略）

宮沢賢治もオホーツクの海岸に夢を託しました。1923年に、サハリンへ渡った賢治は、亡くなった最愛の妹トシ子の魂を探しに行ったと言われています。賢治は、サハリンの旅の後で「銀河鉄道の夜」という彼の代表作を書きました。北原白秋、三木露風、林芙美子も宮沢賢治のようにサハリンの旅をし、その印象を作品としてのこしています。（エレーナ・イコンニコヴァ講演要録「サハリンと日本文学」）

「北方文化圏」

かつてサハリンは、よく似た風土や気候から、北海道の「兄弟島」と呼ばれた。だが私も含め、戦後の日本人の多くは、南樺太にかつて、四十万人の人々が暮らし、自由に行き来していたことを忘れている。旧満州の引き揚げ時の悲劇はのちに知られるようになったが、「敗戦」後に樺太在住の民間人の多くが戦火の犠牲になったことは、まだよく知られていない。

「北方領土」にあれほどの注目が集まるというのに、北海道のすぐ北に伸びるサハリンの歴史は、ほとんど忘れ去られたかのようだ。

それは、日露戦争で獲得し、旧ソ連の侵攻で奪われた過去の記憶を、封印したいせいなのだろうか。

私はこの小文で、岩手に生まれ育った賢治と啄木が、北方を旅することによってその文化圏の奥行きと広がりを知り、のちの文学に豊かな稔りをもたらしたことを語りたいと思った。

それは、東京や海外に長く暮らし、生まれ育った札幌に戻って十年を経た私自身の感懐に重なる。

私の場合、東京を中央とみなし、そこでの成功や名声を求めているうちは、自分の卑小さや無名であることに、いわれのない羞恥を覚えることは免れなかった。羞恥は名声への欲望の別名であり、夢をかなえられない自分への蔑みだからである。

そこにおいて、「辺境」という言葉は私にとって、自らの立つ大地を貶める謙譲語であり、中央を憧憬する自分への嫌悪や違和をあらわす言葉だったように思う。

だが故郷を追われ、北を旅した啄木がその後あれだけ「ふるさと」を夢見たのは、彼がもともと「望郷の詩人」だったからではなく、自ら望郷することを、素直に肯定できるようになったからだろう。それは、妹を失った賢治が、北海道やサハリンを旅して亡き人と交信しようとし、その果てに、現に生き残った自分を寂しく肯定するようになった道程とよく似ている。彼らは、自分を育んだ北方圏の力を、肌で感じ取ったような気がする。生前は無名に近かった二人が、これほど長く読み継がれるのは、彼らの作品が諦念や寂寥を超えて、「生きる力」を肯定する、その力を与えてくれるからだろう。

「平地人を戦慄せしめよ」

ここまで書いたところで、この小文は終わる。この先は長すぎる蛇足である。

これに続く文章は、私がなぜこの小文を書くに至ったか、その動機を語る文章であり、本来は邪道というか、言わずもがなの付け足しになる。

若いころから、「中央と辺境」は、私にとって大きなテーマだった。小学校の教科書からして、四月の入学式に桜が満開というイラストに胡散臭いものを感じたし、長じて読むようになった日本の私小説の自然描写は、肌に合わなかった。それよりも、ヘミングウェイやツルゲーネフ、ヘッセの描く自然の方が身近に感じられた。

その後、東京に住むようになってからも、違和感は消えなかった。だが私はその違和感を、きらびやかな「中央」への気後れや引け目、いってみれば地方育ちの劣等感だと内心では意識していたように思う。

帰郷して十年のうちに私を変えたのは、東日本大震災の取材で会った東北の風土と人々だった。とりわけ多く通った岩手では、津波の悲劇を乗り越え、互いにいたわる人々の尊厳と矜持を感じ、自分の驕慢を思い知らされた。賢治と啄木を再読し、彼らの文学世界を育んだ「北方圏」文化が、北の大地にも広がっていることを自覚した。

2021年7月、ユネスコは「北海道・北東北の縄文遺跡群」を世界文化遺産に登録した。縁あって、私は大正大学の地域構想研究所が編集する「地域人」という雑誌に頼まれ、北海道の縄文遺跡を訪ね、そのルポを書いた。「北東北」は青森、秋田、岩手の3県だ。

以前、青森の三内丸山遺跡を訪ねたことがあった。今回の縄文遺跡群のセンターともいえる大規模集落の跡地だ。その時、縄文の時代から、北に住む人々が頻繁に交易し、同じ文化圏に属することを知った。

かつて北方は、中央に「まつろわぬ」人々である蝦夷（えみし）が住む辺境だった。その後も東北は、中央とは距離を置く藤原三代が武威を張る「道の奥」であり、北海道はアイヌの人々が住む「静かな大地」だった。つまりそこには、西方に起源をもつ文化とは異なる独自の源流があり、日本の文化に豊かさと多様性を与えてきたように思う。

かつて柳田国男は、「遠野物語」の冒頭に「この書を外国に在る人々に呈す」と書き、序文ではこう書いた。「願わくはこれを語りて平地人を戦慄せしめよ」。それはまさに、「北方文化圏」発見の驚きを伝える献辞であったように思う。

「遠野物語」が発表されたのは1910（明治43）年のことだ。柳田はこの物語を今の岩手県遠野市土淵出身の佐々木喜善から聞き取り、編集した。

同じ年に啄木は、東京で大逆事件の裁判の真相を知り、「時代閉塞の現状」を書いた。朝鮮併合に際して、次の歌も詠んだ。

地図の上朝鮮国にくろぐろと墨を塗りつゝ秋風を聴く

柳田に郷里の伝承を語った佐々木喜善は、啄木と同じ年に生まれ、賢治が逝った年に没した。つまり啄木と賢治は「遠野物語」の同時代人であり、二人の文学は今も、平地の人を戦慄せしめているのである。

以下に、雑誌「地域人」の編集長・渡邉直樹氏の許可を得て、同誌第74号（10月11日発行）掲載のルポ「北海道の縄文遺跡群」を引用する。雑誌は写真や図版をふんだんに掲載しており、現地を訪ねようと思う方は、雑誌を買い求めていただけたら、ありがたい。ご快諾をいただいた渡邉編集長に、この場を借りて、深く感謝を申し上げたい。

北海道の縄文遺跡群（雑誌「地域人」編集部前文）

北海道の縄文遺跡群は、北海道南部の噴火湾沿いと、道央の千歳にほど近い場所にある。森、川、海の豊かな恵みを受けた北の縄文人の暮らしは、気候変動を乗り越え、1万年の長きにわたった。北海道生まれのジャーナリストで作家の外岡秀俊さんが、「文明観を覆すものになる」という「予感」を持った縄文遺跡への旅は、何を伝えてくれたのだろうか。

文明観を覆す縄文遺跡群

もうずいぶん昔の話になる。

新聞社の駆け出しのころ、先輩のもとに、郷里の滋賀県から鮒寿司が届いた。塩漬けにした琵琶湖のニゴロブナを発酵させた古代からの名産だ。発酵食品に舌が慣れない若さだったので、お世辞にも旨いとは言えなかった。

その思い出が今も鮮やかなのは、鮒寿司を振る舞いながら先輩が漏らした一言が、強く記憶に焼きついたからだ。

「僕の郷土史は、日本史だった」

なるほど、そうだろう。弥生・古墳時代から平城・平安、戦国時代まで、日本の歴史の舞台は近畿から中部、東海にかけてで、それより東はせいぜい鎌倉が出てくる程度だ。江戸以降は関東が中心になるが、そこより北の東北・北海道になると、小中学校の教科書では申し訳程度に、数行で片付けられた。

北道生まれの私が小学校で学んだ歴史は、先住民族アイヌのシャクシャイン、コシャマインの戦いに始まり、幕末の最上徳内、間宮林蔵、松浦武四郎らの北方踏査、そして屯田兵ら開拓民の苦難の歩みに至る郷土史だった。その副読本の巻末にあった一枚の図版を、今も忘れられない。それは稲作の北限が道南から道央、道東に伸びる様子を、年代ごとに線で示した図だった。

今から考えると、この図版は幼心にコンプレックスを植えつけた。というより、米作りを「文明」の進歩と重ねる「稲作史観」というものがあることを知って、北方の「遅れ」を肌で感じた。この「稲作重視」は、歴史にとどまらない。米作りを唯一の指標に、石高で藩の豊かさ、扶持米で家格を測る習慣は、その後も今にいたるまで、他人と自分を比較せざるを得ない日本人の心性を養ったのではないだろうか。問題は「稲作」にあるのではない。「唯一の指標」が問題なのだ。

前置きが長くなった。これから書こうとしていることは、今回世界文化遺産に登録された「北海道・北東北の縄文遺跡群」が、大げさに言えば、私たちの「文明観」を覆すものになるだろうという「予感」についてだ。

私がかつて習った歴史区分でいえば、縄文時代は中石器・新石器時代に属し、狩猟採集で移住した時代だった。西南から稲作と金属器を伴う弥生時代になって、ようやく定住が始まり、余剰穀物ができたことで身分や階級が生じ、大規模な土木工事も可能になった。ムラはやがてクニになり、文明が姿を見せた。

おおざっぱに言えば、「縄文人」は狩猟に暮らした「未開」の人々で、その1万年は「停滞」の時代だった。そうした「稲作史観」は、明治時代に西欧からもたらされた「西洋史」「東洋史」「日本史」という学問ジャンルによって補強されたのだろう。

西欧モデルでは、農耕・牧畜によって定住が始まり、富が蓄積されて文化・文明が生まれる。それと同じことが日本でも起きた。

アジアで文明開化に抜きんでた当時の日本が、範とする西欧と同じ歴史をとどったことに誇りを抱いたとしても、不思議ではない。

ではなぜ、今回の世界遺産登録が、「文明観を覆す」ことになるのか。

その答えは、世界の多くの地域とは違って、縄文人は狩猟・採集・漁労をしながら定住し、変わる環境に適応しながら1万年も自然と共有したという点にある。それほど森の恵み、川や海の恵みが豊かだった。先史時代の縄文遺跡群が「文化」遺産と認められたことでも明らかなように、彼らは広く交流・交易し、土器ばかりでなく墓制や土偶、装身具、副葬品などに豊かで精緻な精神文化を刻んでいた。

縄文遺産群は未来への道標でもある

北海道の縄文遺跡群を訪れる前に、私は登録に尽力した二人の専門家にお目にかかった。

最初に話を聞いたのは北海道縄文世界遺産推進室の特別研究員、阿部千春さん（62）だ。赤平に生まれ、札幌で育った阿部さんは、立正大学で考古学を学び、長く函館市教育委員会などで遺跡発掘・保存に携わってきた。

「北海道では2002年に当時の堀達也知事が縄文遺跡に注目し、04年から『北の縄文文化回廊づくり』が始まった。北海道と青森、秋田、岩手3県が協力し、世界遺産への登録を目指すようになった。もっとも、当時は目標というより、夢のようなものでした」

だが、縄文文化は列島すべてを覆っていた。なぜこの地域だけに絞ったのだろう。もっともだ、という表情で阿部さんはうなずく。

「関東や関西、九州など、縄文文化は大別6つの地域文化圏の集合体です。日本全体の縄文遺跡で登録を目指す考えもあるかもしれません。しかし、世界遺産にするには、ストーリーが必要です。私たちは、自然と共に暮らす道を最後まで貫いたという点に着目しました」

今回の世界遺産の精華ともいうべき三内丸山遺跡が発掘されたのは1994年。バブル経済が弾けた直後だった。その後、三内丸山を中心に道南と北東北が同じ交易圏・文化圏にあることが、次々に裏づけられた。

「戦後の高度成長期の日本は、いわば弥生文化の延長で、規模や組織を大きくすることを目標に掲げた。しかし、成熟社会に、そうした価値観はそぐわない。そのタイミングで、自然や環境と共生する縄文文化の新発見が相次ぎ、注目を集めた。さらに、情報化が進んで、分散自律型の社会に関心が向くようになった。関係者で話し合ううちに、自然との共生、分散自律型という二点で、世界遺産の登録を目指すコンセプトが生まれました」

本州各地では東漸する弥生文化に呑まれ、縄文時代はいち早く弥生文化へと移り変わった。約1万5千年前から、1万年の長きにわたって気候変動を乗り越え、自然と共生した文化はこの地域に特有だ。しかも、北方圏は開発の遅れが逆に幸いし、遺跡の保存状態も極めて良好だ。

世界遺産は、現時点で、将来にどんな文化を世界共通の財産として残すかを決める。縄文遺跡群は、国内初の先史時代の文化資産だが、それは過去の史跡を讃えるためではなく、今後の社会の指針を示す未来への道標なのだ。

阿部さんはこうも言った。

「これまでの世界遺産は、ギザのピラミッドにしても、フランスのモン・サン＝ミシェルにしても、権力を誇示する壮麗な建造物が多かった。縄文時遺産は私たちと同じ普通の人間の足跡の積み重ねです。生きとし生けるものすべてに命がある。そうした自然観を教えてくれる世界遺産は例がないと思う」

縄文の特色は「木の文化」「森の文化」

もう一人、私が旅の前にお会いしたのは、札幌国際大学・縄文世界遺産研究室長の越田賢一郎さん（73）だ。縄文遺産に特化した研究室があるのはこの大学くらいだろう。

越田さんは立教大学で考古学を学び、北海道教育委員会に籍を置いて道内各地の遺跡発掘・保存に携わった。縄文では、函館空港拡張工事に伴って96年まで調査をした縄文早期の中野B遺跡の規模に度肝を抜かれた。津軽海峡を見渡す海岸の台地にある集落は、近くの中野A遺跡と合わせ敷地約12万㎡に、７００軒もの竪穴住居群が埋もれていた。もしそのまま残していたら、三内丸山と並ぶ縄文遺産になっていたろう。

長く縄文文化に携わってきた越田さんは、この地域の特異性を強調する。

「北の縄文に共通するのは自然の恵みの豊かさです。森には落葉広葉樹林が広がり、木の実や山菜が豊富だ。この地域は津軽海峡を挟んで両方に寒流と暖流がぶつかり、魚介類も多い。川にはサケ・マスも上がってくる。これほど自然に恵まれた地域はなかった」

もう一つの共通点は、半年近く雪に埋もれる冬だ。だがその厳しい環境があればこそ、縄文文化は生まれた、と越田さんはいう。

「冬を生き延びるには、木の実のアクを抜いて貯蔵しなければならない。長い時間を過ごす間に、工芸や道具作りの技も磨いた。厳しい冬がなければ、文化は生まれなかった」

越田さんは縄文の特色を端的に「木の文化」「森の文化」と要約する。

「欧州から西アジアにかけては、農耕や牧畜と共に定住が始まった。木を伐って畑を広げ、穀物を育て、石やレンガ造りの家に住む。それに対し、狩猟・採集・漁労をしながら定住した縄文人は、木が古くなれば繰り返し家を建て替えた。木は伐ればまた生える。そうやって自然と共生してきた文化なのです」

木は歳月がたてば朽ちてなくなる。だが、三内丸山遺跡のように、縄文人が巨大な構築物を建造したことも明らかになった。その際に最も重要なのは木と木を組み合わせ、縛る縄だったろうという。木の繊維などを撚って木と木を結び合わせる縄は、彼らにとって必須の道具であり、命宿るものだった。もちろんその縄も、土に還って残らない。

私たちが目にするのは、縄文人が繰り返し意匠を変え、土器に施した繊細な縄の文様のみだ。縄の文様は彼らにとって、人と木を結びつける神秘的なきずなだったのかもしれない。越田さんのレクチャーを聞いて、縄文をめぐる旅の準備はととのった。

垣ノ島遺跡

暑い。何しろ97年ぶりという。

私が住む札幌では、8月7日まで18日連続で真夏日が続き、1924年以来の記録を塗り替えた。この季節の北海道は冷涼で、知人には「道民は全員、軽井沢にいるようなものだ」と吹聴してきた身には堪える夏だった。

7月27日の世界遺産登録を挟み、3度に分けて訪ねた北海道の縄文遺跡群は、いつも灼熱の陽ざしのもとにあった。

気温の話から始めたのには訳がある。縄文時代の定住が始まった約1万5千年前、地球は寒冷期から温暖化が進み、6500年前のピークで平均気温が1～2度上がった。

大したことはない。そう思う方も多いだろう。だが「国連気候変動に関する政府間パネル（IPCC）」がこの8月9日に公表した報告書は、今の世界の平均気温は、産業革命前から約1・1度上昇したと指摘し、「緊急事態にある」と警告を発した。なにしろこのままだと「50年に一度の熱波が起こる確率」が今後1・0度の温暖化では今までの4・8倍、1・5度では8・6倍にも達するという。温室効果ガスを大幅に減らさない限り、気温上昇は今後1・5度から2度を超える、というのが科学者の「恐怖のシナリオ」だ。

つまり縄文時代早期には、産業革命から今に至る間と匹敵するような気候変動が起きていた、ということだ。当然、海面も上昇した。ピーク時に、日本各地で今よりも海面が5ｍほど高く、内陸にまで海が入り込んだ。

この「縄文海進」という現象は、むしろ内陸部に残る貝塚の調査から発した仮説だった。関東などの貝塚が、海岸線よりずっと内陸で発掘されたため、海が集落の眼前にまで迫っていたと考えられたのである。その後、仮説は裏づけられた。もちろん今問題になっている地球温暖化は、人の活動が作り出した「人新世」の産物で、原因は違う。だが縄文時代の背景には、その後少しずつ寒冷化したとはいえ、北方の自然が、今よりもずっと暖かく、湿潤だったことを押さえる必要がある。

広大な遺跡

最初に訪ねたのは垣ノ島遺跡だ。今回は、あらかじめ阿部千春さんにお願いし、各遺跡を担当する専門家をご紹介していただいた。

垣ノ島遺跡に隣接して、函館市縄文文化交流センターという立派な施設がある。出迎えてくださったのは、函館市教育委員会主査の学芸員、福田裕二さん（54）だ。駒澤大学で考古学を専攻し、旧南茅部町、函館市の教育委員会などで発掘・保存を続けてきた方だ。

「早速、遺跡を見に行きましょう」

当時はまだ公開準備で閉鎖していた門扉のカギを開け、垣ノ島遺跡に招じ入れてくれた。広い。なだらかな丘陵に沿ってうねる緑の芝生と木立が、見渡す限り続いている。史跡の広さは約9万3000㎡。東京ドーム2個分よりも広い。この敷地に縄文早期（約9千年前）から後期（約3千年前）まで、6千年もの間、縄文人が暮らしていたという。

ここは函館市中心部から北東30㎞にある南茅部地区の拠点集落だ。上空からの写真を見ると、海に面した標高32～50ｍの海岸段丘に広がる土地であることがよくわかる。目の前に太平洋、後背地には落葉広葉樹が広がる理想的な立地だ。縄文海進のピークには海面はもっと間近だったろう。

「ここは山林原野でした。戦時中に食糧増産で、畑が造られたこともありましたが、今回登録された17の構成資産の中でも保存状態は極めていい。一時は造林で針葉樹も植えていましたが、伐った後には自生の落葉広葉樹に植え替え、本来の環境に近づけています」

遺跡の発見は、開発というコインの裏面だ。

1950年に制定された文化財保護法によって、埋蔵文化財が見つかれば、事業者は発見を届け出て、教育委員会との協議のうえ、試掘や確認の調査をすることが義務づけられた。開発区域を変えることもあれば、調査記録を保存して、開発を続行することもある。

垣ノ島遺跡が発掘されたのも、国道のバイパス工事がきっかけだった。2000年から発掘調査が始まり、重要な発見が相次いだ。同年には垣ノ島川の対岸にある垣ノ島B遺跡の墓から、世界最古の漆工品が出土した。放射性炭素による年代測定で、約9千年前の縄文早期に作られたものと判明した。

遺体は腐食して残っていないが、仰向けに屈葬された頭や肩、腕の位置に漆糸が残っていた。それまで最古の漆工品は中国・長江下流域の遺跡から見つかり、漆工芸は中国から伝来したとされていた。

それを遡ること約2千年。日本が漆文化の発祥地である可能性を示す貴重な発見だった。約7千年前の集落では、すでに居住域と墓域が分かれていたことが判明した。

巨大な盛土遺跡

同じく関係者を驚かせたのは、垣ノ島遺跡を象徴する巨大な盛土遺構の発見だった。２００３年の調査で、盛土遺構の存在を確認したが、２０１１年の史跡指定後の発掘で、その規模が想定をはるかに上回ることがわかった。

「ここからも見えます」

高台から福田さんが指さす方向に、小高い盛り上がりが見えた。三方を、「コ」の字形に囲む盛土だ。縄文前期末から後期初めにかけて作られたというから、紀元前3千~2千年ごろだ。

長さ１９０ｍ、高さ2ｍ以上という国内最大級の盛土遺構だ。動かした土砂は5千㎥ほどだという。ここから数多い土器や、儀式で使われたとみられる「青龍刀形石器」などが出土した。

「ここはゴミ捨て場ではありません。縄文人は土器や石器にも命が宿ると考え、命をつないでほしいと再生を願ってこの場に葬った。最近では、祭祀や儀礼のための『送り場』の空間と考えられています」

不要品は投げ捨て、身辺から消すことが当たり前になった今から考えれば、アニミズムに根ざしたこうした習慣は奇異にも思える。

だが戦後もしばらく、人々は釘や紐、布切れ、銀紙・包装紙に至るまで、一つも捨てることなく、きちんと整理し、再利用した。使う機会がなくとも、捨てるのを惜しみ、モノに命が宿るかのように、使えなくなった針や刃物、人形や箸を供養してきた。私たちがそうした心性を失ったのはここ数十年、縄文に遡る長い時間軸で見れば、須臾の間のことだ。

福田さんは、盛土遺構の真ん中にある小高い丘に立って、東の方を見つめた。

「あそこに山が見えるでしょう。亀田山地といいます。冬至の日には、その先にある岬から日が昇ります」

そうか、福田さんはここで冬至の日の出を見守ったのか。おそらく春分や秋分の日もそうしたに違いない。

福田さんに限らず、縄文遺跡に携わる人に、「縄文愛」、といって大げさなら「縄文熱」を感じないわけにはいかない。熱量が半端ではない。普通の人より微量に多いだけに見えるが、それがずっと持続していて、総量では常人を圧倒する。

福田さんの説明を聞いていると、ただの原野に竪穴住居が立ち並び、長老が小高い丘に立って津軽海峡の方位を見つめる姿が浮かんでくる。博物館で、ただ出土品を眺めるだけなら、当時の暮らしぶりや人々の息遣いは感じられない。やはり遺跡に足を踏み入れ、「縄文熱」を帯びた人に案内してもらうのでなければ、その真価は理解できないと思った。

広大な敷地を歩きながら福田さんに尋ねた。

「これだけ広い土地の発掘は大変だったでしょうね」

「そうですね。発掘したのは全体の2%くらいでしょうか」

耳を疑った。2%？　だったら、これから発掘をすれば、もっと見つかる？　そういうことでしょうか。私の声が上ずった。

「そう、出るでしょう。何しろ、この南茅部地区だけで100近くの縄文遺跡が出ています。どこを掘っても遺跡が出てきます」

こともなげにいう福田さんに、さらに理由を聞くと、こう答えた。

発掘には極めて慎重でなければならない。盛土や竪穴などを不用意に発掘すれば、土地の形状を変え、文化財を破壊することになる。出土品だけが発掘の目的ではない。暮らしの痕跡をそのまま保存するのが史跡発掘の基本なのだという。発掘＝発見というのは、素人の思い込みに過ぎないと悟った。

大船遺跡

南茅部にはもう一つの構成資産「大船遺跡」がある。福田さんに、垣ノ島遺跡から車で10分ほどの距離にあるその遺跡を案内していただいた。

やはり太平洋に面した海岸段丘上にあり、後背に落葉広葉樹が広がる好立地だ。ここで墓や貯蔵穴を含む100基以上の建物跡が見つかった。紀元前3500年〜2000年代にわたり、継続して縄文人が住んでいた。

1996年に墓地造営に伴う発掘調査が行われ、拠点集落とわかって2001年に国の史跡に指定された。特徴は、住居の規模が大きく遺構の密度がとても濃いことだ。

大船遺跡は自由に見学できるが、大型住居の穴の深さには驚かされた。巨大な穴は深さ1・5〜2m、長さも8〜11mを超え、最深では2・4mにも及ぶ。ここから土器や石器のほかに、クジラやオットセイなどの海獣、マグロ、サケなどの魚類の骨や、貝類、炭化したクリ、クルミなどの堅果類、ヤマブドウやウルシなど当時の環境や暮らしを知る資料も出土した。

「敷地は約7万2000㎡、主に発掘調査を行った範囲は4500㎡。それにしても、なぜこれほど深い穴を掘ったのか……」

最深の穴の縁に立って見下ろしながら、福田さんが思案顔になる。近くに復元家屋の木組みや茅葺きの屋根もあるが、これほどの深さにした理由は謎だという。第一、どうやって入り、穴の底に降り立ったのだろう。冬場の寒気をしのぐため？　それとも夏場の食料を腐らせないための貯蔵庫？　縄梯子を使って降りたのか。木の梯子を降ろしたのだろうか。

次々に押し寄せる疑問に立ち往生していると、福田さんが助け舟を出してくれた。

「たしかに、縄という可能性はあるかもしれない。彼らは建物や構造物、網や篭にも縄を使いこなしていた。縄に対するこだわりは、相当なものです。今も残る注連縄の信仰も、その名残かもしれない。神社に祀るカミは、磐座信仰が基層にあるといいます。それも、縄文人の信仰がルーツになっているのかもしれません」

私は数年前に訪ねた出羽三山の奥の院・湯殿山神社を思い出した。ご神体は湯が出る大きな岩で、見つめていると、古代の異界に引き寄せられるような畏れを感じて、足が竦んだのを覚えている。福田さんはこう続けた。

「日本各地どこでも、電気やガスが普及したのは、それほど昔ではなかった。普及する前の日本人にとって、縄文人の暮らしは、ずっと身近だったのかもしれません」

それはまた、縄文のルーツが、ごく最近まで日本人の感受性や心性に生きていたということを意味しているのだろう。

大船遺跡の後ろには、鬱蒼としたクリの大木が陰を重ねて黒ずんでる。

「クリというのは、人が管理しないと、ミズナラなんかに圧倒されて、大きく育たないんです。今の里山と同じで、縄文人が手を入れたから、ここまで大きく育った」

知的な風貌の福田さんがそう話すと、どこか縄文人の面影が宿っているように見えた。

函館市縄文文化交流センター

大船遺跡で福田さんと別れ、垣ノ島遺跡に隣接する函館市縄文文化交流センターに戻った。海岸沿いの道から海岸段丘を上る途中で、十数人の人々が遺跡調査をしている現場に出くわした。

ここも、道路工事に伴う発掘調査をしているのだという。

「どこを掘っても遺跡が出てくる」いう福田さんの言葉を思い出した。

北海道の縄文遺跡群をたどる人が、真っ先に訪れるべきなのは、この交流センターではあるまいか。展示品を眺めながら、そう思った。南茅部からの出土品を中心に、ここでしか見られない逸品がひしめいているからだ。

まず目についたのは、垣ノ島遺跡の集団墓地から17点も出土したという「足形付土版」という粘土板の副葬品だ。これは楕円や分銅形の粘土板に、最小で6㎝、最大で18㎝の足形を押し付けたもので、裏面に手形を押したものもある。板には紐を通す穴が開いている。亡くなった子の足形や手形を写し取り、住居に吊るして亡き子を偲び、親が亡くなった時に一緒に埋葬したらしい。

素朴なつくりだけに、子を偲ぶ親心の真情が惻々と迫る。誰でも思いつきそうな形見の品にも思えるが、こうした土板は縄文早期末から前期初期、しかも函館東部、千歳や苫小牧などからしか出土していないという。

だがこの展示館の白眉はやはり、北海道初の国宝になった中空土偶だろう。1975年に、函館市縄文文化交流センターからほど近い著保内野の畑で、主婦が偶然に見つけた。中が空洞に作られていたことから「中空土偶」と呼ばれ、「茅空」の愛称で親しまれている。

パンフレットや冊子にも写真が使われ、今回登録された縄文遺跡のシンボルともいえる存在だ。

土偶は直立しているが、やや右に顔を向け、右足を前に、右肩を後ろに引く姿勢をとっているため、静止しているのに動勢が感じられる。縄文中期までは母性を強調する土偶が多いが、この土偶は体線がたおやかながら、顔つきは凛々しく、両性具有のオーラを放つ。細い粘土紐で全身に施された幾何学文様は繊細かつ精緻で、刺青に似た妖しさがある。

土偶の多くは壊れた状態で出土する。そのため、何らかの意図で、わざと破壊したと考えられている。この土偶も両腕がなく、頭の飾りが欠けている。CTスキャンにかけたところ、割れにくい部位と、割れやすい部位で工法を変えており、あらかじめ、どう壊れるかを狙った節があるという。そうとしたら驚くべき匠の技だ。

この土偶一つを取ってみても、縄文文化の奥行きと深さがわかる。

鷲ノ木遺跡

次に訪ねたのは国指定史跡の「鷲ノ木遺跡」だった。調査事務所で出迎えてくださったのは、茅部郡森町教育委員会文化財保護係長の高橋毅さん(44歳)だ。

「ちょっとお待ちください」

事務所に引き返した高橋さんは腰に鈴をつけ、手にスプレーを持って出てきた。一目で、熊よけの鈴と撃退スプレーとわかった。車で10分ほど走り、左の山道に入って樹林の坂道を上る間も、何度かクラクションを鳴らす。

「この近辺では、よくヒグマが出ます。私も一度見かけました」

札幌では都市部でもヒグマが出没するので、驚く話ではない。それにしてもクマのいる樹林に守られた遺跡とは、いかにも縄文らしい。

坂を上り切ったところで急に視界が開けた。柵の鍵を開けて遺跡に入ると、敷地いっぱいに環状列石が広がっていた。標高70mの河岸段丘の台地上に、三重に石を並べたストーンサークルで、全体を見渡せる列石としては北海道で最大規模だ。外側の円の直径は最大で37mに及ぶ。できたのは約4000~3500年前の縄文後期前半とされる。

「この遺跡の発見は、世界遺産の縄文遺跡群と比べると新しい方です」

環状列石は2003年、北海道縦貫自動車道建設に伴う発掘で見つかった。周辺から7基の墓が集まった竪穴墓域が見つかり、06年、国指定史跡になった。

実は鷲ノ木遺跡は、世界遺産の「構成資産」ではなく、「関連資産」と位置づけられている。それもそのはず、列石の下に一直線に高速道路が伸びており、遺跡はそのトンネルに支えられている形だ。人工物と合体しているため、「構成資産」から外されたらしい。だが、トンネル工法に変更してまで遺跡を重んじた例として関係者は誇るべきだろう。

「この遺跡が保存されたのは、火山灰が積もっていたからです」

遺跡のある高台からは、南東方向にそびえる駒ヶ岳が見える。駒ヶ岳は10万年以上も前から噴火活動を起こし、山体崩壊を重ねた。

「日本歴史災害事典」(吉川弘文館)によれば、記録に残る最大の噴火は1640(寛永17)年で、崩れた山体が海に流れ込んで津波を起こし、100隻余りの船を破壊して7百人余りが溺死した。激しい降灰で数mの火山灰が積もった。

江戸期の厚い火山灰が、この遺跡を守ってきたことになる。ちなみに駒ヶ岳は約7千年前にも噴火し、その火山灰層は、縄文早期と前期を区切る節目とされている。

列石外環に置かれた石は602個で、多くは安山岩だ。遺跡近くの桂川から運んだ可能性がある。だが川からこの高台まで、高低差70m、距離は1km。40cmほどの石を、なぜここまで運び上げたのだろう。

「立冬のころ、ここに立つと駒ヶ岳の山頂からの日の出を拝めます。冠雪の時期です。たぶん、ここは縄文時代、祭祀や儀礼に使う神聖な空間だったのでしょう」

神奈川に生まれ、國學院大學で考古学を学んだ高橋さんは、学生のころから発掘実習で道南に通い、2007年に森町教委に籍を置いた。名刺をいただくと、森町名物の「イカ飯」に似た写真が刷ってある。鷲ノ木4遺跡から出土した「イカ形土製品」という。縄文との隔たりが、すっと消えるような親しみを覚えた。

高橋さんが担当する国指定史跡には、幕府から警備を命じられた南部藩の陣屋跡もあるという。それを聞いて閃くものがあった。幕府は外国船が内浦湾に侵入するのを防ぐため、湾に沿っていくつかの陣屋を置いた。

ひょっとすると縄文人は、この温暖で穏やかな湾沿いに住んで、目の前の海から豊かな海産物の恵みを受けたのではなかったか。

「この辺りに、湾を一望できる所はありますか」

「八雲町の丘の駅がいいでしょう」

そう言われ、八雲町の「噴火湾パノラマパーク」を目指した。

噴火湾沿いに広がる集落

渡島半島の北にある八雲町は、日本で唯一、太平洋と日本海に面した町だ。

ここにいう太平洋は内浦湾、別名噴火湾を指す。ちなみに「噴火湾」とは、18世紀末に湾を訪れた英国海軍の船長が、北の有珠山、南の駒ヶ岳から噴煙が上がるのを見て名づけたという。この湾は、南から上がる暖かな対馬海流の影響を受け、道内では夏に涼しく冬は暖かな地方といわれる。魚介類や海獣も多く、今もホタテ養殖の産地として知られている。

噴火湾パノラマパークは、なだらかな丘陵に広がる公園の高台にあった。真夏の日差しに輝く湾は穏やかで、森町からこの先訪ねる伊達市まで、沿岸が一望できる。大きな湾だが丸木舟を操って海から眺めれば、湾沿いの集落は指呼の間に見えたのではないか。

そう思って縄文遺跡群の地図を広げた。確かに、千歳の「キウス周堤墓群」以外はすべて噴火湾沿いにある。湾沿いの段丘が全国でも有数の貝塚密集地帯であることを考えれば、北海道の縄文遺跡群は「噴火湾遺跡」と呼んでもいい。いや、それでは北東北の遺跡群を置き去りにするようで、失礼ではないか。そこで今度は北東北と道南の地図を取り出し、じっくりと見た。

縄文人の定住が始まる1万5千年ほど前は、温暖化の時期に重なっている。寒冷期には陸続きだったサハリンと北海道は大陸から切り離され、氷期には閉じていた日本海を暖かな対馬海流が北上するようになった。流量が多いため、暖流は津軽海峡を通って一部は本州を南下し、一部は渡島半島を北上した。つまり北海道南部と東北北部は、ほぼ同じ豊かな環境に置かれるようになった。

三内丸山遺跡からは、糸魚川産の翡翠や北海道の黒曜石が出土し、函館の遺跡からは、やはり糸魚川の翡翠、石器の装着に使われた秋田産のアスファルト塊が見つかった。つまりこの一帯はヒト・モノが行き交う「津軽海峡文化圏」であり、一体のものだった。

そう思って地図を眺めれば、青森の陸奥湾と北海道の噴火湾は、何とよく似た地形だろう。鉞を振り上げた形の下北半島に守られた陸奥湾は、内海のようだ。その奥にある青森湾近くにこの文化圏のセンターともいうべき三内丸山遺跡が残るのも、納得できる。さらにいうと、日本海と太平洋の両方に面した都道府県は、北海道と青森しかない。つまり津軽海峡文化圏を育てたのは、双子のように似ている噴火湾、陸奥湾だったのではないか。

私事ながら「妄想」ついでに書くと、私は1986年、『未だ王化に染はず』（福武書店、その後小学館文庫）という小説を出版してもらった。登場するのは考古学や民俗学専攻の若者だ。彼らは考古学の泰斗を囲んで勉強会を開く。この泰斗によれば、古代に蝦夷と呼ばれた人々が北海道央の低地帯をはさんで、オホーツク文化の色濃い「北蝦夷」と「南蝦夷」に分かれていた。「南蝦夷」は、東北と緊密に結びつき、広く交易や交流をしていた、という設定だ。

「先見の明」を自慢しているように思われたら、それはもちろん誤解だ。その本の巻末に参考文献で掲げたように、私は主に北方圏の考古学者や民俗学者の本を参照して、要約したに過ぎない。

つまり北方圏の学者は、当時の出土品からすでに「津軽海峡文化圏」の仮説を立てており、その後の幾多の発見が、その説を裏づけた。今回の世界遺産入りは、研究者の長い苦闘が生んだ果実だったと思う。もちろん道北・道東にはオホーツクの色濃い独自文化がある。今後は「もう一つの世界遺産」を目指してもいいのではないか。

北海道の地名の8割近くはアイヌ語に由来するという。千歳の古名「支笏」の音が「死骨」に通じることを嫌って、めでたい「千歳」に変えたような例は少数派だ。

「北黄金」という派手な地名もその伝かと思ったが、違った。もともとは「昆布の取れる川」を意味する「オ・コンブ・ウシ・ベツ」のアイヌ語に漢字を当て、黄金蘂と呼ばれ、後に「黄金」に略されたという。古来、昆布は貴重な交易品だったから、満更ではない当て字だったかもしれない。

黄金貝塚

「北黄金貝塚情報センター」の展示を見ると、この遺跡がほかとは違う経緯で守られたことがよくわかる。戦時中に伊達に赴任した教師の峰山巖さんが戦後にかけて付近の貝塚を調べ、1948年に北黄金を発見した。

峰山さんは伊達高校で世界史を教え、生徒たちは考古学の話に魅せられた。やがて郷土研究部が発足し、峰山さんは部員の生徒と一緒に次々に付近の遺跡を発掘調査した。この北黄金遺跡も、全容がわかったのは、そうした手弁当の調査の結果だった。峰山さんや地主の働きかけで遺跡は87年に国の史跡に指定され、伊達市は広大な土地に史跡公園を造った。つまり市民が守り育てた遺跡だ。

「毎年、1万人の生徒が修学旅行でここを訪れます。北海道の一学年がざっと3万人ですから、すごい数です」

貝塚を案内してくれた伊達市教育委員会の学芸員、永谷幸人さん(38歳)がそう話す。愛知に生まれ、東海大学で考古学を学び、10年前からこの貝塚の発掘調査に携わって3年前に市教委に職を得た。

「沖縄の西表島や本州の貝塚も見てきましたが、食物の種類も規模もまったく違う。ハマグリ、マガキ、アサリ、ウニ、スズキ、マグロ……」

永谷さんの言葉を聞きながら、私は情報センターで見た縄文土器の復元展示を思い出した。土器は一見地味だが、その器にはホタテなど魚介類が一杯に盛られ、ほとんど「北海鍋」や「石狩鍋」に近い。インスタントや冷凍食品が並ぶ今の食卓より、よほど豪勢だ。なるほど、こんなグルメ生活をしていれば、米を作る必要すら感じなかったかもしれない。

永谷さんの案内で遺跡を回った。ここでは約6千年前の縄文前期に定住が始まった。低地を挟む二つの台地に5カ所の貝塚や住居跡、墓などが見つかった。「縄文の風吹く丘」と呼ばれる高台から、鮮やかなブルーに染まる噴火湾が見えた。縄文人は寒冷化して海が遠ざかると、汀を追って移住したらしい。

幅15ｍ、長さ60ｍの大きな貝塚を見に行く。厚さ70～80㎝に堆積した貝塚は地中に埋め戻してあるが、その地表面に地中の貝殻が敷き詰められ、遺跡の広さや位置が一目でわかる。遠慮していると永谷さんは貝殻の山に踏み入り、「どうぞ、こちらへ」と言った。

「伊達市は今、復元貝塚再生プロジェクトを進めています。ここにまかれた貝は、当時とは違う。それぞれの貝ごとの割り合いも違います。そこでみなさんに、食べたハマグリ、マガキ、アサリの貝やウニの殻をセンターに持ち寄ってもらい、当時の貝塚を、よりリルに再現したいと考えています」

再生にどのくらいかかるかと聞くと、永谷さんは「数百年でしょうか」と答えた。

低地の一郭には、緑陰が見える。99年から市民による植樹を始めた「縄文の森」だ。草原が広がる公園では、縄文のイメージがつかみにくい。そこでカシワやミズナラ、トチノキなどの落葉広葉樹を植え、縄文の景観を取り戻そうという計画だ。伊達市は市民の有志とともに毎年、「だて噴火湾縄文まつり」を催し、子どもたちに縄文文化に親しむ場をつくってきた。

伊達の「縄文愛」は、郷土愛なのである。

入船・高砂貝塚

北海道の景勝地・洞爺湖は、温泉街のある東沿岸の壮瞥町と、噴火湾にも面した西沿岸の洞爺湖町に分かれる。縄文後期の入江貝塚、晩期の高砂貝塚があるのは、洞爺湖町の方だ。

入江は1942年、高砂は50年に発見され、北黄金貝塚で触れた峰山さん率いる伊達高生徒や札幌医科大チームの手で調査が進んだ。

二つの遺跡に近い場所にある「入江・高砂貝塚館」で出迎えてくださったのは洞爺湖町教育委員会の学芸員・澤野慶子さん（42）だ。函館に隣接する七飯町のご出身だが、長い間新潟で発掘調査を行い、昨年8月に町教委に赴任した。

澤野さんの解説で驚いたことが二つある。

一つは食生活の豊かさと、手作り道具の緻密さだ。澤野さんによると、ここはニシン、カレイ、アイナメなど魚介類が豊富だが、冬場の食料として重要なのはオットセイなどの海獣だったのではないか、という。「食のバリエーションの豊かさには驚かされます。春、夏、秋は森・川の恵みもありますが、厳しい冬場は海獣が貴重な食料だったと考えられます」

貝塚館には、釣針や骨針も展示されている。その精巧なつくりに目をみはる。鹿などの動物の恵みを食し、その骨をさらに道具に作り替える。究極の「ドゥ・イット・ユアセルフ」であり、古代のロビンソン・クルーソーたちだったろう。

貝塚館には海獣猟で使ったとみられる鹿の角製の銛先も展示されていた。先端は、打ち込むと肉に食い込んで外れないように「アゴ（カエシ）」の形状になっており、今と変わりない。生きるのに必死とはいえ、自然界の資源を使いこなす精神の柔軟性に舌を巻く。

もう一つの驚きは、入江貝塚から67年ごろに出土した人骨の一つだ。頭に比べて手足の骨が極端に細いとから、成人近くまで介護を受けたポリオ（小児麻痺）患者ではないかとみられた。最近のＤＮＡ鑑定で、この人骨は男性とわかり、筋ジストロフィーだった可能性も出てきた。

いずれにせよ、当時から介護が必要な人をいたわり、見守ったという証左を前にすると、「人間性」とは何か、厳粛な問いを突きつけられる思いがした

キウス周堤墓群

千歳市にある国の史跡「キウス周堤墓群」は、これまで訪れた北海道の縄文遺跡群とは、やや趣が違う。第一に、「噴火湾文化圏」には属していない。第二は、遺跡保存には１００年以上の歴史がある、という点だ。

北海道の玄関口・千歳空港に近い千歳東インターチェンジを降りて長沼方面に向かうと、コナラやミズナラの大木が織りなす深い森が広がる。森の奥に眠るのは９つの周堤墓だ。円形に大きな穴を掘り、土を周りに盛り上げた国内最大級の縄文の墓だ。

大きさが半端ではない。最大の周堤墓の直径は約83ｍ。ジャンボ機の全長より長い。最も深い周堤墓は、周囲の土手から約５ｍのくぼみがある。当時の道具で10人の大人が掘ると10カ月はかかる計算だ。

「大規模工事は、農耕で穀物が蓄積でき、階層化が進んだ弥生時代以降」。そんな「常識」を覆す発見だった。

案内をしてくれたのは千歳市教育委員会の豊田宏良主幹（57）だ。早稲田大学大学院で考古学を専攻し、２０１３年から調査をしてきた。

「今も当時の姿を地表で見られる珍しい遺跡です。ただ、ご指摘のように、今回の北海道の縄文遺跡群とは、ちょっと違っている。周堤墓は、縄文後期に、道央から道東にかけて造られた墓だからです」

これ以外の遺跡は道南、しかも噴火湾沿いにあった。道央から道東にかけて見つかった周堤墓は、千歳で

約30、石狩低地帯で約60、道東も入れると70前後だ。その点では道南中心の遺跡群とは異質だ。

「でも、ここは道東と道南の文化圏が交差する場所であり、日本海と太平洋を結ぶ土地でもありました。今回の文化圏の豊かさや広がりを示す点では、ふさわしい遺跡といっていいかもしれません」

実際、周堤墓は先行する北東北の環状列石との関連が注目され、すでにみた森町の「鷲ノ木遺跡」の竪穴墓域は、周堤墓の先駆的な遺構だった可能性があると指摘されている。豊田さんは、もう一つ、この遺跡の特色を挙げた。

「この遺跡の保存の歴史は古い。北海道は百年以上も前に調査をし、保護に動いた。こうして残ったのは、関係者や地元の人々が１００年以上も大切にしてきたからです」

「キウス」はアイヌ語で「カヤの群生するところ」という意味だ。鉄道が開通する以前、開拓民が札幌から千歳を経て長沼方面に向かうには、由仁街道を通るのが普通だった。途中、馬追山と呼ばれる丘陵を越えるが、その手前の街道が、キウス周堤墓群を横切っていたのである。１８９０年に造られたこの工事で、五輪マークのように連結した五つの円穴の二つが中央部で壊れた。だがその工事で、遺跡は広く知られるようにもなった。

もっとも、キウスが縄文遺跡とわかったのは戦後だ。早くにキウスに注目した郷土史家の河野常吉は、アイヌ民族のチャシ（砦）と考え、それが定説になった。北海道は１９１２年にはアイヌの「チャシ」という標柱を立て、5年後に測量と発掘調査を始めた。30年には史蹟名勝天然紀年物保存法の史蹟に仮指定をして、保存を続けた。こうした積み重ねの結果、64年から発掘調査が行われ、縄文の集団墓地とわかった。

広大な史跡を案内してくれた豊田さんは、途中で足を止め、倒れて剝き出しになった大木の根を指さした。

「3年前の台風で倒れた木です。根こぎに持ち上げた土を見ると、この土地の地層がよくわかります」

近づくと、縄文期に噴火した樽前山の火山灰がくっきり残り、その後の周堤墓の基底になった地層が刻まれている。重層する文化の証として、ぜひ保存してほしいと思った。

周堤墓を見終えたあと、豊田さんがいう。

「ここには9つの周堤墓がありますが、公開しているのは7つだけ。あとの二つは私有地にあるからです」

聞けば、その二つは地元の育林業、鈴木昭廣さん(70)の敷地にあるという。豊田さんは鈴木さんのご自宅まで私を連れて行ってくれた。幸い、鈴木さんは帰宅したばかりで、散歩に連れて出たシベリアン・ハスキーの愛犬を休ませているところだった。

「ご自宅に世界遺産があるとうかがいました。どんなご気分ですか？」

テレビの娯楽番組にでも出てきそうな私の愚問に、鈴木さんは律儀に返してくださった。

「小学生のころ、ここはチャシの遺跡と聞かされた。地元の人が大切にしてきたのも、チャシの遺跡と思ったからです。今までも史跡として守ってきました。百年以上もかけて地元が守ってきたのだから当然です」

鈴木さんのご自宅に上がり込むと、机の上には縄文の石器や土器片が並べられていた。赤い粉が詰まった小瓶もある。50年前の発掘で、研究者から贈られた「ベンガラ」だという。旧知の豊田さんも、初めて見る貴重な資料だ。この粉を分析すれば、産地などがわかり、交易ルートの手掛かりが得られるかもしれない、と目を輝かせた。豊田さんによると、鈴木さんはこれまで、発掘調査にも熱心に協力してこられた。キウスでは死者に添えて埋めた副葬品の「石棒」が有名だが、その最大の出土品を発見したのも鈴木さんだ。

「時間ある？じゃあ、今から石棒が出た馬追に行きましょう」。そう促され、鈴木さんの運転で近くの馬追丘陵に向かった。

「ここです」

20分ほど山道を登った先に、視界が開けた。馬追丘陵までが、鈴木さんの敷地という。77年、標高120mのこの尾根で、ブルドーザーで作業中に見つけたのが「石棒」だ。

「あそこが苫小牧」

そういって示す鈴木さんの指先に、うっすらと太平洋に臨む苫小牧の市街地が見える。鈴木さんは後ろを振り返って「あそこが小樽」とつぶやいた。日本海に面する小樽の町並みが浮かんでいた、そよ風が心地いい。たしかにそこが、太平洋と日本海を結ぶ要衝の地であることがわかった。

その後、千歳市埋蔵文化財センターを訪ね、鈴木さんが発見した石棒を見た。長さ93㎝。濃い灰色に鈍く光る玄武岩の棒の両端は四角形に成型され、装飾文様が施されている。見事に研磨された「縄文の美」の結晶といえる作品だ。これを持って太平洋と日本海を眺めたのは、どのような人物であったのか。

謎の人が残した一振りの棒は、私には「縄文文化の化身」のように思えた。

縄文遺跡をめぐるひと夏の旅は終わった。実感したのは、「歴史がない」といわれる北海道に、これほど長い歴史の蓄積があったことへの驚きだ。たぶん、東北や北海道の開発が遅れたことが幸いし、先人たちの歩みはこれまで北の大地に守られ、埋もれてきた。その精神を受け継いできたアイヌ民族について、先に国会は遅ればせながら「先住民族」と認め、昨年には民族共生象徴空間「ウポポイ」も白老にオープンした。

今なら堂々と「私の郷土史は日本史だった」といえそうだ。北の縄文は、日本史の幅をそれほどまでに広げ、私の郷土史を、かくも豊かな魅力あるものにしてくれたのだから。

旅する人

澤田展人

外岡秀俊は、二〇一一年三月に朝日新聞を退職して、郷里の札幌に戻ってきた。五七歳のときである。それから二〇二一年一二月に急逝するまで札幌に拠点を置き、フリーのジャーナリスト・作家として活動した。一〇年半余の札幌暮らしだった。この間、会うたびに「いやあ、札幌に帰ってきてよかった。親やきょうだいもいるし、友だちもいる。藻岩山や円山が目の前にあり、いつだって自然にふれられる」と、外岡は笑みを浮かべて言った。

私は、長い年月広い海を泳いだ後、生涯の最後に、生まれた川に遡上してくる鮭をちょっとイメージして、外岡にもふるさと回帰の情がはたらいたのだろうかと思った。大手新聞社の組織にいて神経をすり減らす仕事をしてきた外岡が、心のやすらぐ場所としての故郷に帰ってきたようにも感じた。

だが、彼が亡くなってから、札幌での仕事の中味を振り返り、また、私の個人誌『逍遥通信』第一号から第六号までに書いた文章を読んで、以上の私の思いが皮相な理解であることに気づいた。どうやら外岡秀俊という男には、根っから旅する人の気性が宿っており、晩年の札幌生活一〇年半余といえども、彼の旅のようだった人生の通過点の一つにすぎないものに思われてきたのである。

記者を辞めるのと前後するように東日本大震災が起きた。社のヘリコプターで上空から被災地を見た後、陸路で現地に入り、被災の実情を取材した。札幌に移住した後も、繰り返し東北に赴き、復興にとりくむ人々との交流を広げていった。また、朝日新聞道内欄で「道しるべ」という連載コラムを担当し、その取材で道内各地を駆けめぐった。講演でもさまざまな土地を訪ね、新型コロナウィルスが日本に入ってきたころには、神戸で医療関係者の会で話をした。ダイヤモンド・プリンセス号で医療従事した人も加わった会だったため、札幌に戻ってからは自主的に二週間隔離生活をした。

『逍遥通信』の第3号に載せた「星条旗のある空＝トランプのアメリカ」は、アメリカのオハイオ州に農地をもつ一家のところに滞在した体験にもとづくものである。外岡は、トランプの大統領当選はないという自分の予測が外れたことに衝撃を受け、アメリカの深部で起きている変動を自分で確かめようと、札幌からアメリカに飛んだのである。第4号掲載の「帝国の落日＝イギリスの昏れ方＝」には、評判のTVドラマ「ダウントン・アビー」の舞台となったハイクレア城を探訪した体験が書かれている。このときのイギリス旅行の底にあった動機は、賢明なイギリス人はEU離脱（ブレグジット）のような愚かな選択をするはずがないという予測が外れた外岡が、自分が見落としていたイギリス人の実情をじかに知ろうとすることであった。

このように札幌に居を定めても、外岡は、自分を揺さぶるような出来事があると、国の内外を問わず風を翻すように現場に向かっていく行動を繰り返した。焦点となっている場所に滞在し、人々がつくり出している空気を感じとることが大事だったのである。第5号掲載の「借りた場所、借りた時間——過ぎ去り行く香港」は、一国二制度に移行した後、徐々に自由を奪われていく香港の様子と、人々のしたたかな抵抗を描いている。そればかりでなく、街路の緻密な描写が織り込まれ、外岡がこの都会に懐いていた愛着がにじみ出ている。

第6号掲載の「賢治と啄木～北方文化圏の旅」は、彼の逝去後、発表された。最愛の妹トシを喪った宮沢賢治のサハリン旅行と啄木の北海道漂泊が主題となっている。外岡も、チェーホフを調べるためにサハリンを取材しており、この作品は、北方へ流れてくることの意味を外岡自身に問い返している感がある。これを書いているとき、外岡は、定着者の視点ではなく、旅する者の視点に自らを重ね合わせていたのではないだろうか。

なお、第1号掲載の「チョウチンアンコウとAI」は、AIが発達した情報化社会において、チョウチンアンコウのオスが受精の際メスに融合・吸収されてしまうように、個々の人間主体が、情報システムのなかにその存在を消失させられていっているのでないかと、卓抜な比喩を使って論じている。第2号の「終わった人たち――定年小説に未来はあるか」は、定年後行き場を失った人間の孤立を、サラリーマン小説を題材に悲哀を込めて語っている。いずれの作品も帰属先を失った人間が漂流するさまを、現代社会の問題として痛切に描いているのだが、局外者の乾いた視点ではなく、自分自身がそうであるという内在者の視点による作品である。

外岡は、新聞社の海外特派員には、もっぱら現地の新聞と通信社の記事を読み、TVのニュースをチェックして記事を書く「書斎派」と、事件の全貌がわからなくても何はともあれ現場に飛んでいく「鉄砲玉派」がおり、自分は「鉄砲玉派」であると書いている。新聞記者でなかったとしても、彼はそもそも「鉄砲玉派」として生きただろう、というのが私の見立てである。彼はこの世界で何かとんでもないことが起きたら、そこに行って、納得のいくまで現実をじっくり見なければ気がすまない男だった。新聞記者を退職してからも、そのような気質にしたがって行動していた。なによりも、現場に自分を立たせることを大切にする人間だった。

それは、懐かしい故郷に帰ってきても、やがて風にふらっと誘われ旅に出てしまうフーテンの寅さんに似ていないこともない。出かけた先では、そこにしばらく腰を据え、土地になじむまで歩き回り、気になっている人と出会う。新聞記者をやめてからも世界各地をめぐっていた外岡の様子を想起し、根っからの「旅する人」だったのだと思う。

札幌に居を定めたとは言っても、今後も大きな旅に出て、世界の困難に直面し、ひたすら痛苦な現実を見つめ、文章を書いたはずだ。後世に残る作品をもっと書いたに違いない。それが、ぽっと気楽にあっちに行くように死出の旅に出たとは、まったく残念でならない。

（『逍遥通信』編集・発行人）

濾過器にかける

久間十義

ご覧のようにこの遺稿集は、澤田展人の個人誌『逍遥通信』に外岡秀俊が寄稿した文章を中心に編まれている。外岡は死の直前まで『逍遥通信』に協力し、編集を手伝った。外岡の寄稿がどのように書かれたのか、詳しい経緯は『逍遥通信』を主宰する澤田が言及してくれると思うので、私は『逍遥通信』の読者として接した彼の文章についての記憶というか、感想めいたものを記すことにしたい。『逍遥通信』の創刊は二〇一六年だが、私がこの雑誌に懸ける外岡の並々ならない熱意を目の当たりにしたのは翌年の二〇一七年。その頃すでに拠点を札幌に移していた彼が東京に出てきて、以前に沖縄旅行をした仲間と旧交を温めていた際だった。

「定年に関して、何か面白いことが書かれた本を知らないか?」「世間的には定年に達してる者もいるけれど、今どんな気持ちか教えてほしい」「定年について、どんな意見をもっているのか聞かせてほしい」

そんな言葉を並べて、外岡は酒席に集まった皆に問いかけ、皆はグラスを傾けながら、それぞれの意見を開陳した。彼は皆の言葉に耳を傾け、何やらじっと考え込む様子だった。その場には新潮社を定年退職して間もない鈴木力さんの顔もあったが、外岡は鈴木さんにいろいろ質問し、再び何か一生懸命に考えを巡らすようだった。

もうお分かりだろうが、この彼の努力は『逍遥通信』第二号の評論『「終わった人たち」——定年小説に未来はあるか』に結実する。私はこの評論に舌を巻いたが、注目したのはもちろん私一人ではなかった。関川夏央さんから連絡があって、「この評論、ぜひ内館牧子さんに読ませたいから、澤田さんに連絡を取ってほしい」というのだ(その後、読んだ内館さんからは「まさしくバキューンと射抜かれた思い」と便りがあったらしい)。この出来事はもう五、六年も前のことになるが、そうした事情は澤田を介して外岡の耳にも入ったはずで、以後『逍遥通信』に揮う外岡の健筆にはさらに拍車がかかった。

第三号に外岡が書いたのは『星条旗のある空――トランプのアメリカ』である。この紀行文は何よりもまず、これを書くために彼が長期間アメリカに滞在したことで私を驚かせた。「お金はどうなっているんだろう？」というのが最初に浮かんだ感想だった。何だ取材費のことか、などと蔑まないでほしい。この世は大抵お金で回っている。外岡が朝日新聞社を辞めて以降、フリーのジャーナリストとして活動しているのは知っていたが、私はその取材・活動費の出所を詳らかにしなかった。いつか突っ込んで尋ねようと思っていたのに、彼はその機会も与えずに亡くなってしまった。そういえば朝日に勤めていた頃、彼は世界一周の飛行機切符を持っていた。あちこち外国を飛び回る際に、いちいち買い求めるのは不便、と会社が彼に買い与えていたらしい。「実は航空各社が連携する切符を買えば、欧州か米国へのエコノミー往復料金で一周できるんだ」と本人は言い訳のように話していたが、会社を辞めた後、彼は自腹で世界各地を訪ねた。

「フリーになっても（略）格安のチケットや安宿で経費を切り詰め、トランプ政権を生んだ米国、ＥＵから離脱した英国、反中抗議デモが燃え盛る香港に出かけ」た、と生前最後の単行本（『価値変容する世界』）に記された文章を私が読んだのは、迂闊なことに彼の死後のことだった。

『逍遥通信』第四号、五号、に彼が寄せたのはその「ＥＵから離脱した英国」と「反中抗議デモが燃え盛る香港」を題材にした紀行文だった。この二つは素晴らしい力作で、第四号『帝国の落日――イギリスの昏れ方』ではテレビドラマ「ダウントン・アビー」が引かれ、第五号の『「借りた場所、借りた時間」――過ぎ去り行く香港』では映画「慕情」が引かれていた。

外岡の文章を読むと、ふだん見慣れた風景がずっと深い奥行きや強度で甦って、驚かされることが度々ある。第四号、五号では彼は「ダウントン・アビー」や「慕情」といった作品を引き、それの成り立ちや構造について解説することによって、英国が直面するブレグジットの現実や、多民族が共生し一国二制度が事実上成立しなくなった香港の現実を、見事な奥行き、見事な強度で、読者の私たちに再現していた。

思うにこれは、すでに彼一流の流儀というか、手法と呼ぶべきものではないのか。要するに従来の思考を、文芸作品や映画のプリズムを通すことによって解放し、それが描かれた社会の現実を読者の眼前に提示して、あわせて今彼が開示しようとする現実を明らかにする手法とでも呼ぼうか……。実はこれについては、彼は意外なほどすんなりと、手の内を明かす文章を残している。

「時局に関する情報は、テレビや新聞のサイトで分刻みで更新され、消えていきます。手紙を書く現時点での情報は、お手元に届く頃には旧聞になっているでしょう。そこで手紙を書くにあたっては、時局に関する今の情報が将来も何らかの意味を持つように、欧州の歴史や文学などの濾過器にかける（傍点引用者）ことを思いつきました。歴史のフィルターを通すことで時局情報から不純物を取り除き、ひとつの時代のかたちを定着させようとする試みでした。あるいは、情報という繊維を解きほぐし、歴史や文学という〈ねり〉を通して水中で互いに絡み合わせ、手漉きで現代の和紙を作り出す作業のようなものだといえるでしょうか。毎回の手紙に、文学作品の表題をお借りしたのも、そのためでした」

　これはロンドンからの報告集『傍観者からの手紙』の「あとがき」で彼が述べた言葉である。これがすべてとは言わないが、ある部分は彼が追い求めた書き方の流儀・作法を示す言葉のように、私には思われてならない。デビュー作である『北帰行』を思い返していただきたい。あの小説で主人公は石川啄木をひたすら読み込むことによって、世界を捉えようとしていた。啄木を手がかりに自分が棲む、いま、ここ、の現実を明からめようとしていた。啄木の歌はその意味で彼の思考の濾過器だった。外岡が亡くなった今、この遺稿集に彼の流儀である思考の〈ねり〉を感じるのは、たぶん私一人ではないと思われるが、いかがだろうか。

（作家）

『ＡＥＲＡ』記者時代の外岡秀俊

澤井繁男

朝日新聞入社後、それに『逍遙通信』での精力的な執筆活動はすでにみての通りだが、私とは私が二七歳から人工透析者となり、三四歳のときに献腎による移植を受け、四四歳で再透析に入るまでの間の時期のつきあいが最も印象に残っている。彼は雑誌『ＡＥＲＡ』の記者を、一九九三年一月一〇日(四〇歳)から九六年四月九日(四三歳)まで務めている。ちょうど私の移植時期に当たっている。

外岡は移植医療やホスピスに関心を持ち、京都にいる私を直に取材し、私の紹介で淀川キリスト教病院で、高校同期の前野宏医師に就いてホスピス医療を、一週間にわたって密着取材している。それらはみな『ＡＥＲＡ』誌上を飾ることになった。

まず私の場合から記そう。京都での取材より先に、東京赤坂の某ホテルの一室で彼と話したことがある。夕食をホテル近くのイタリア料理店で済ませたあと、場所がなくてホテルの自室に案内した。彼はその店のイタリア料理を気に入り、ここにはまたくるといって、店のマッチをポケットに入れた。その何気ない仕草から、彼がヘビースモーカーだったとは見抜けなかった。透析者の私の前で喫煙するような男ではなかったから。ホテルの一室では私が、肉体の不思議さを一方的に喋った。外岡は黙って耳を傾けていた。その後、京都府立医科大学付属病院で移植の手術を受けた私が、Ｃ型肝炎の治療で入院していたとき、『ＡＥＲＡ』の記者としてやってきた。病室での取材は他の患者の迷惑になるので、地階の喫茶室へと向かった。

テーブルを挟んで二人向き合って腰かけた。彼はさあ何でもこいといった意気込みで、私が話し出すのを、鉛筆を握って待ち構えた。東京のホテルの内容の続きで、主に移植時と予後がとうぜん中心となった。私は口調が早く、目の前の外岡は筆記、いやメモに懸命だった。左から右へ、上から下へ、と。Ａ４のノートの一頁がすぐに埋まり、次頁へ、といった具合だ。私は医師への批判もこめて、思いのタケを喋った。話し終えたときには深い溜息が出た。外岡の指も汗まみれで、鉛筆がなかなか離れず、左手でもぎ取った。語る側、聞き取って書くほうも疲れ切っていた。たった三〇分にも充たなかったのに、二人ともものどがからからで、飲物を注文した。いったい外岡はどういった文章にまとめ上げるのだろう。やがて送られてきた『ＡＥＲＡ』では、見事に私の話した内容を外岡流に止揚していた。一つ気になったのは、「趣味の創作も……」といった文面。趣味ではないのだけどなあ……。

次にホスピス医療（緩和ケア医療）の取材。舞台は大阪の淀川キリスト教病院（現柏木哲夫理事長、大阪大学名誉教授）。この病院には前述の前野宏が一定の期間ホスピス医療の研修のため勤務していた。前野は北大の工学部卒業後、確かＮＥＣに入社した。往時私も在京だったが、ある日夕食を共にすることになった際、いまの会社を辞して北大の医学部を受験したい旨、告白された。こういう過程を経て医師になってゆく例を他にも見知っていたので、それなら頑張ってと励ました。外科医となり、もともとクリスチャンだったこともあってか、さまざま経緯を経て、ホスピスに関心を抱き、「淀教」で研修を受けることになった。私は外岡に前野医師を紹介することにした。前野がそのときの『ＡＥＲＡ』（昭和六三年五月一八日、第20号）のコピーをこのたび送ってくれた。外岡らしい一節があるので、ここに掲げておこう。「ホスピス病棟は、ロビーに大きな窓を取り、静かな明るさに満ちている。床に敷き詰めたカーペットが醸す穏やかな雰囲気のせいだろう。フェルメールの室内画のように、時間は緩やかに過ぎ、病棟は薄明に支配されている」。

ここに流れているのはホスピス医療の目的が、痛みの緩和と、医療機関との信頼関係を取り戻すことへの暗喩である。記事にはある癌患者の事例を挙げ、リハビリで快復へと向かう明るい様子が記され、最後に柏木現理事長が、人間の死に方はそのひとが生きた人生の集約であると明言した言葉と、牧師の方の、人間の安らぎとはすべてを手放した時にやって来て、自分が必要としていたのが亡くなった方ではなかったのか、という問いかけではないか、と有意な文言を外岡がもらさずに記している。

だが『ＡＥＲＡ』の記者から他の部署に異動すると医療記事は影を潜めた。ジャーナリストはイタリア語でジョルナリスタ（*girnalista*）という。この語頭のジョ（ー）ルナ（ノ）（*giorno*）は「日」の意味。日を重ねての陸路の旅を、英語でジャーニィー（*journey*）というように、ジャーナリストとは日々の変化の激しい仕事である。外岡はそうした職からある意味で、落ち着いてこれまでの体験や蓄積を若いひとに伝えたい向きがあったようだ。二〇〇八年、外岡に関大で、岩倉使節団をテーマに講演をしてもらったことを思い出す。講演後、握り寿司の出前をとり、拙宅で妻と三人なごやかな夕食が、生前の外岡との永遠の訣れとなった。

それ以前京都では二人で、錦市場や遅咲きの桜で著名な御室（みむろ）の仁和寺を訪れた。腹膜透析の最中、欧州総局長時代の外岡をロンドンに訪ねた私は、大英博物館早まわりの極意を教えてもらい、タクシーでの市街観光も二人で愉しんだ。だが日本料理店しか連れていってくれず、英国料理を味わう機会は一度もなかった。

外岡よ、無念だが、君はしたいことを、すべてとは言わないが、おおよそやり遂げ、人生の揚棄である死を、苦しまずに迎え、みなに惜しまれた。ある意味で仕合わせな人生だったのではないか。

（作家、元関西大学文学部教授）

編集を終えて

本書は二〇二一年一二月二三日六八歳で急逝した作家でジャーナリストであった外岡秀俊氏の遺稿を編んだものである。澤田展人氏が主宰する『逍遥通信』掲載原稿六本と、季刊文芸誌『羚』掲載原稿で成り立ち、さらに外岡氏の札幌南高校同期である澤田展人、久間十義、澤井繁男ら三氏の寄稿文を加えた構成となっている。生前の外岡氏とどのような関わりを持ち、いかなる視線からその文業をとらえていたかを各人に記していただいた。友人である外岡氏に向け、来世への手土産にと願って書かれている。

三名の寄稿者の文章にも明らかだが、外岡氏の遺稿はきわめて明晰で、情報分析に優れ、読み手に心地よい知的感銘を与えてくれる社会性に富んだものばかりである。

現状に右顧左眄せず、現実を的確に捉える実証的な視線には、学ぶべきところが多い。

秀逸な「帯文」を寄せていただいた文藝批評家の川村湊氏、そして単行本への転載を承諾いただいた『逍遥通信』発行人、更には出版データを貸与下さった『逍遥通信』版元の中西印刷に、改めての御禮を申し上げたい。此の方々の協力のお蔭で、亡くなる寸前まで書き綴った作品を一書にまとめることができた。

何よりも、ご承諾を下さったご遺族に、深甚なる感謝を申し添えたい。

それにしても一昨年末の訃報の知らせは、かつてない程の愕然たる思いと、ザワザワした心の置き所のない動揺のままで越年に向かわざるを得なかった。

それから二月のロシアによるウクライナ侵攻である。何故だ！　何故なんだ!!　と叫びたいほどの悶々とした暗澹たる気持ちの時も、ジャーナリスト外岡氏の見解が聴きたくて何度も対話を試みた。しかし当然ながら応えは返って来ない。

外岡氏からは、コロナが収束したら私の亡き盟友についての取材をしたいと依頼を受けていたのに、それも叶わず、私は今後も後悔するだろう。

こうした揺るぎない内容の書籍を、北海道から出版することができ、漸く編集を終え安堵している。しかし、この本の完成が、外岡氏との最初で最後の仕事となってしまった。

本書が文藝書愛好者のみならず、江湖の読書人に外岡秀俊氏を今一度胸に刻んでいただき、その存在の大きさを知って頂けたら、編集・発行人として幸甚である。

二〇二三年正月

藤田卓也

〈初出一覧〉

チョウチンアンコウとＡＩ　『逍遥通信』第1号　二〇一六年八月五日

「終わった人」たち——定年小説に未来はあるか　『逍遥通信』第2号　二〇一七年一〇月二五日

星条旗のある空——トランプのアメリカ　『逍遥通信』第3号　二〇一八年一二月一五日

蜃気楼余聞　季刊文芸誌『羚』第16号　二〇〇五年六月

帝国の落日——イギリスの昏れ方　『逍遥通信』第4号　二〇一九年一二月五日

借りた場所、借りた時間——過ぎ去り行く香港　『逍遥通信』第5号　二〇二〇年一二月五日

賢治と啄木——「北方文化圏」の旅　『逍遥通信』第6号　二〇二二年二月二八日

〈外岡秀俊　主要著作一覧〉

1976年『北帰行』(河出書房新社／1989年河出文庫、新装版2014年河出書房新社／改版2022年河出文庫)
1994年『アメリカの肖像』(朝日新聞社)
1994年『国連新時代――オリーブと牙』(ちくま新書)
1997年『地震と社会　上「阪神大震災」記』(みすず書房)
1998年『地震と社会　下「阪神大震災」記』(みすず書房)
2005年『傍観者からの手紙 FROM LONDON 2003-2005』(みすず書房)
2006年『情報のさばき方 新聞記者の実戦ヒント』(朝日新書)
2010年『アジアへ　傍観者からの手紙 2』(みすず書房)
2012年『震災と原発　国家の過ち　文学で読み解く「3・11」』(朝日新書)
2012年『3・11 複合被災』(岩波新書)
2012年『「伝わる文章」が書ける　作文の技術　名文記者が教える65のコツ』(朝日新聞出版)
2015年『発信力の育てかた　ジャーナリストが教える「伝える」レッスン』(河出書房新社)
2017年『リベラリズムの系譜でみる 日本国憲法の価値』(朝日新書)
2018年『おとなの作文教室　「伝わる文章」が書ける66のコツ』(朝日文庫)
2021年『価値変容する世界　人種・ウイルス・国家の行方』(朝日新聞出版)

〈中原清一郎　著作〉

1986年『未だ王化に染はず』(福武書店／2015年小学館文庫)
1986年6月号「生命の一閃」(『新潮』／2017年『人の昏れ方』所収)
2014年『カノン』(河出書房新社／2016年河出文庫)
2015年『ドラゴン・オプション』(小学館／2016年小学館文庫)

２０１７年『人の昏れ方』（河出書房新社）

〈共著・共編〉

２００１年『日米同盟半世紀―安保と密約』（朝日新聞社）共著：三浦俊章、本田優

２００１年『9月11日・メディアが試された日　TV・新聞・インターネット』（大日本印刷ICC本部）共著：室謙二、枝川公一

２００７年『新聞記者　疋田桂一郎とその仕事』（朝日選書）共編：柴田鉄治

２０１０年『民主政治のはじまり　政権交代を起点に世界を視る』（七つ森書館）共著：山口二郎、寺島実郎、西山太吉、寺脇研

２０１８年『圧倒的！リベラリズム宣言』（五月書房新社）共著：山口二郎、佐藤章

〈翻訳・編集〉

２０１３年ジョン・ダワー『忘却のしかた、記憶のしかた　日本・アメリカ・戦争』（岩波書店）

外岡 秀俊（そとおか ひでとし）
1953年　北海道札幌市生まれ。
1972年　北海道札幌南高等学校を卒業し、東京大学文科Ⅰ類へ進学。教養課程在学中に初めての小説『白い蝙蝠は飛ぶ』で学友会「銀杏並樹賞」受賞。その後、法学部進学。さらに東京大学新聞研究所でも学ぶ。
1976年　小説『北帰行』により第十三回文藝賞を受賞。
1977年　東京大学法学部卒業後、朝日新聞社へ入社。
学芸部、社会部を経て、ニューヨーク支局員、論説委員、ヨーロッパ総局長から東京本社編集局長を歴任。
1986年　中原清一郎の筆名で長篇小説『未だ王化に染はず』を発表。
2011年　朝日新聞社を早期退職。その後は札幌を拠点にジャーナリスト・作家として活動する。
2014年　文芸誌「文藝」春号に、中原清一郎が外岡秀俊の筆名であることを明かし、長篇小説『カノン』を発表。以後、長篇小説『ドラゴンオプション』、小説集『人の昏れ方』を発表。
上記創作の他、ジャーナリスト外岡秀俊として『地震と社会』、『傍観者からの手紙』など多数の著作を残す。
2021年12月に心不全のため急逝。満68歳。

借りた場所、借りた時間　外岡秀俊遺稿集

著　者　外 岡 秀 俊

発　行　2023年１月20日

発行者　藤田卓也
発行所　藤田印刷エクセレントブックス
〒085-0042　北海道釧路市若草町３－１
TEL　0154-22-4165
FAX　0154-22-2546
印刷所　藤田印刷株式会社

＊造本には十分注意しておりますが、印刷、製本など製造上の不備がございましたら
「藤田印刷エクセレントブックス（0154-22-4165）」へご連絡ください

＊定価はカバーに表示してあります

ISBN 978-4-86538-148-1　C0095